尤墨书坊

■ 李兆虬 主编

山东城市出版传媒集团·济南出版社

也就这么一说

■ 岳海波 著

图书在版编目（CIP）数据

也就这么一说 / 岳海波著 . -- 济南：济南出版社，
2018.1

（尤墨书坊）（2019.5 重印）

ISBN 978-7-5488-3031-3

Ⅰ . ① 也… Ⅱ . ① 岳… Ⅲ . ① 随笔 - 作品集 - 中国 -
当代 Ⅳ . ① I267.1

中国版本图书馆 CIP 数据核字（2018）第 021061 号

也就这么一说　岳海波 / 著

出 版 人　崔　刚

总体策划·责任编辑·装帧设计　戴梅海

出版发行　济南出版社

地　　址　济南市二环南路 1 号 [250002]

网　　址　www. jnpub. com

电　　话　0531 - 86131726

传　　真　0531 - 86131709

经　　销　各地新华书店

印　　刷　济南龙玺印刷有限公司

成品尺寸　150×230 毫米　16 开

印　　张　7

字　　数　76 千

版　　次　2019 年 5 月第 1 版第 2 次印刷

印　　数　5001 - 10000 册

定　　价　49.00 元

发行电话　0531 - 86131730 / 86131731 / 86116641

传　　真　0531 - 86922073

岳海波 山东艺术学院教授，研究生导师，中国美术家协会会员，中国美术家协会综合材料绘画委员会委员。山东美协综合材料艺委会主任。山东中国画学会副会长。

第十二届全国美展评委，纪念辛亥百年全国美展评委，综合材料绘画全国美展评委。

共11件作品入选第七、八、九、十、十一、十二届全国美术作品展，其中作品《桃园结义》获第八届全国美展最高奖；作品《齐鲁名贤》《仁者》获优秀奖；《雨后阳光》获"获奖推荐作品"，作品《牛郎织女图》获全国青年美展二等奖；作品《孔子》获全国第四届连环画评奖创作三等奖；《不抛弃不放弃》（合作）获泰山文艺奖一等奖；同时入选第三届北京国际双年展等。

2008年被评为"山东教学名师"。2010年被评为"山东优秀教学团队带头人"。

自序/也就这么一说

　　也就这么一说不一定对，也不一定不对，不一定全对，也不一定全不对。那时对，现在不一定对，反正——也就这么一说，在这些杂文里所表达的想法，也就是一个叫岳海波的在这一时这一刻的这么一说。

　　运动的事物都是发展的，这是辩证法的基本观点。现在回头看我写的这些东西，不但在想法和主张上摇摆不定，有时还自相矛盾，说着说着矛又扯上了盾，矛利乎？盾固乎？性格使然。我曾经给老同学写过一篇文章说他的成长道路就像一个小蚂蚱长成一个中蚂蚱，再长成一个大蚂蚱，再长出一双翅膀，变成一个能飞的蚂蚱。当然也有蜕变，但脱完了皮之后还是一只蚂蚱，这种学名叫不完全蜕变。我是完全蜕变的那种，先是一个籽，拱出一个小虫子，也不知毛毛虫还是小青虫，虫子慢慢长大，吐出丝来把自己缠住，做了一茧，成了一个蛹，再咬破了茧，你看费的这个劲。费劲归费劲，但还不一定是个什么幺蛾子呢？当然也有可能是只美丽的蝴蝶，说不准。我不喜欢作茧自缚，尽管那样比较安全，我喜欢破茧而出的感觉，哪怕是只蛾子。

　　绕了半天，从昆虫成长史的角度论证我前后矛盾的问题，当然不光是前后矛盾的问题，还有大大小小的好多问题，你老海量，千万别和"蛾子"一般见识。

2016 - 12 - 1 / 晚

在电话不断的干扰中写就

目　录

献给朋友

"朋友一生一起走，那些日子不再有，一句话，一辈子，一生情，一杯酒……"我唱这个歌的时候，总是皱着眉头，因为它让我想起很多……

我这一生有机会去更好的地方、更好的都市发展，说没动心是假的，搞了一辈子事业，谁不想再上一台阶；说句说不出口的话，到那里画价没准要上涨。但我最终还是婉拒了。在众多原因中，割舍不下这拨朋友，是重要原因之一。我有个朋友从济南分到了北京，她说你一到北京，就像王母娘娘的袖子一甩，在你和过去的朋友之间划了一道天河。后来这个朋友得了很不好的病，我去看她，她能好几个小时跟我聊生与死的问题，不是发小的朋友是不能聊这个话题的。后来她走了，我很难过，写了一篇日记祭文，想随她 起火化。遗体告别时，有人提议让我念念吧，我一边念一边竭力控制着不要哭起来，但想到老朋友就此一别阴阳两界，不禁悲从心起，哭得声泪俱下，浑身颤抖，我们济南一起去的几位老朋友也都忍不住抱头痛哭。我还有一对朋友去了北京，在那里事业上飞黄腾达，每天迎来送往，结识了许多新朋友。但他俩却隔三岔五让我去他家。我给别人说，我去他家比我在济南回我母亲家都多。那时我在中央美术学院做访问学者，去他家很远，过八月十五应邀去他们家晚宴，下午四点半出发，路上车多，到那八点多了。但我乐此不疲，因为我寂寞，他们实际上也寂寞。人活着不能没有朋友，尤其是老朋友，要不怎么说"情歌总是老的好"呢。

我小的时候，不怎么爱交朋友，分别时他们会哭，我觉得不至于吧？我人缘好是天生的，确切地说是母生的。我父亲直，他聪明，所以有点恃才傲物。我随我母亲，知道迂回，说话、办事注意别人的感受。我妈说我小的时候，看到想要的东西，不会直接要，而会说："妈妈，那是什么？""苹果。""好吃吗？……"既表达了自己的心愿，又给大人留有余地。我女儿随我，是父生的，她小时候说的第一句完整的话是"奶奶做饭真好吃"。把我妈乐得合不拢嘴。谁教的？天生的，父生的。所以我女儿到哪，都有一帮朋友。今年我过生日，在工作室里，忽然收到不相识的人的短信："叔叔你好，今天是你的生日，祝您生日快乐！岳小飞（我女儿）让我转告您，说她永远爱您。"我以为是女儿手机坏了，让别人转达祝词，赶忙回短信表示谢意，可是一会儿，不到一小时里，我的手机轰轰轰地响个不停，有七八十个类似的短信，我都不知如何是好，说来也巧，我老婆敲门进工作室了，一见她，我就哭了，而且放出声来。我感动于女儿对我的感情，更感动于女儿的这帮朋友，天南地北，好多我并不认识。他们只是表达朋友的愿望。

我这人恋旧，尤其到了现在这个年龄，和朋友在一起，总愿聊"那时候天总是很蓝，日子总过得太慢"的时光。我和人相处，总是待的时间越长，感情越深。甚至和物也是如此，看到老的东西，总会想起和它一起经历的岁月。所以我老婆最怕给我买衣服，一买新的，俺俩就吵架。当然恋旧也有好处，尤其我老婆得到实惠，我上哪都是"放心肉"，不会喜新厌旧。前一段，我老婆负责的山东艺术学院播音主持专业参加中央电视台《挑战主持人——高校版》的节目，她们挑战的是浙江的一所高校，其中有辩论一项，"旧的好，还是新的好"，我老婆她们抽到的辩题是"旧的好"。"旧的好"，不好说呀。我老婆在第一时间想到了我，把电话打过来，"你不是喜欢旧的吗？给你十分钟的考虑，说明为什么旧的好，一会我再打过去"。说旧的好，咱拿手啊，结果她们赢了。没过几天，又是那一套，卷土重来，这回对垒的是上海的一所高校，也巧了，辩题是"老的好还是少的好"，她们抽到的是"老的好"。我的词都用了，但我又硬着头皮，又说了几条，结果又赢了。得了华东地区冠军。我不是贪天之功，我只是她们众多幕后高参之一。这两天，她们又去央视参加决赛，没给我打电话，估计辩题和老的、旧的没关系。昨天女儿给我发短信，说她们获得了全国总冠军，我在胸前画了个十字。一个多月了，我老婆忙着排练，受了不少罪，这个冠军是"罪"有应得。

我的事说多了，算给您一个了解朋友的机会吧。我朋友不多也不少，秦桧还有三个好朋友呢，何况"岳飞的后人"。我的朋友有多种类型，有他恩于我的，有我恩于他的，有单蹦独来独往的，有群居、每回得凑四五个的。有的几天就想，找个由头，甚至没由头也要聚一聚的。还有平时不来往，一见面并不生疏的。扎堆的朋友，往往逮住稍纵即逝的机会，连损带臊吹捧一下对方，有点俗，但我依然觉得要比相互诽谤好。

我有一些朋友，要经常向他倾诉，分享我的快乐，分担我的忧愁。当然也有不说话的朋友。我给一个朋友写过一篇文章，今天扒拉出来，抄出其中一段：有时我俩就在屋里坐着，光线慢慢地暗下来，也不开灯，默默地干坐着，但彼此并不觉得尴尬；我家就在千佛山下，有时我俩遛弯东楼下，隔墙见南山，夕阳西下，一抹淡淡的彩云，余晖脉脉，那么温馨，那么平静，就像我们的友谊。真正的友谊是无私无欲的，是平淡的，平淡孕育着长远。这种朋友挺少见，实是一将难求。不信你找个朋友试试，20分钟不说话，还有个条件，必须干坐着，还不能觉得别扭。我有位老师，信仰佛教，不到年龄，提前退休了，她到学校和大家道别。我说，您给我们说点什么吧，她说信佛好啊，信了佛心地平静了，以前那些狗撕猫咬的事，别人对你不好的事都能平衡了。我说我怎么想不起来谁对我不好呢。她说那你就不用修炼了。真的，我真的想不起来，朋友：你和我有过节儿吗？可能朋友对我太好了。我最近让人坑了一次，坑得还不轻，但是是不认识的人。

朋友是什么？就像另一首《朋友》里唱到的"朋友啊朋友，当你正享受幸福，请你忘记我，如果正承受不幸，请你告诉我"。我欣慰的是我真的有一批这样的朋友。今年五月底，我办了展览，说盛况空前，有点那个；说挺热闹吧，那天真的挺热（我是说天气）。等到领导和该走的都走了，留下至爱亲朋，开了个小型研讨会，我这帮哥们儿象征性地客套了一下，好话没说几句，就开始"但是"了，说出我的画的不足，一时紧锣密鼓地还刹不住车。后来我的一个"红颜知己"实在看不下去了，拍案而起，列举我画的种种好处。快到饭时了，我那帮朋友偃旗息鼓，算是美女救英雄。后来我对那位"知己"说感谢你的"力挺"，可你不知道，我这拨朋友，有的都相处三十年了，在我低落时，他们帮助我鼓励我；在我火时，给我浇凉水，再给我设个台阶，让我向上爬。朋友嘛，我有位大哥，语不重，但心长地对我说：海波，我这个岁数了，我那画也就那么的了，你不行啊，你得怎么怎么怎么的。哈！我真的挺感动，你知道什么叫朋友，什么叫大哥了吧。

我今年还分了一套房子，我在最大的一面墙上，把我和朋友的照片都放大了贴上去，整整一面墙，好多是黑白的老照片。没事了，喝着茶，抽着烟，慢慢地欣赏，慢慢地回忆——那曾经的青春时光……其实朋友都在我心里，他们那些趣事，我攒了一肚子，时不时地溜达出来，逗他们一乐。

一不小心，把我和我家今年的这点事儿都抖搂出来了。我不是故意的，写着写着就到这了。朋友嘛，有啥说啥，就算与朋友欣赏也行。

……

2007 - 12 - 1

2008年出了一本我的台历，在上面说了些涂脂抹粉的话献给朋友

画家逸趣

　　纯属道听途说，并无实据。姑妄言之，姑且听之，切勿对号入座。如确有诋毁之嫌，也望海涵，放大心胸，权当自毁形象，博广大人民群众一乐。

　　海波这厢赔礼了——得罪得罪。

　　1. 和朋友去济南最大的一家海鲜馆——××海鲜酒家，里面简直就是一个水族馆。"俄罗斯鲟""大龙虾"，还有罕见的七八斤重的"澳洲螃蟹"，一只就两千多块钱。画家刘胜军巡视一圈，大呼一声："小姐！小姐！"服务员殷勤而至，毕恭毕敬道："老板，您要点什么？"胜军呈极认真状："有虾皮儿吗？"

　　2. 闫平女士画油画，善用厚涂法，个别地方厚达两三厘米，且都是高级颜料。于是，有学生问杨庆义："老师，油画是画得薄好，还是画得厚好呢？"杨不假思索地把头向右一甩，"有钱画厚的"，接着把头向左一甩，"没钱画薄的！"

　　3. 李光自陕北写生回来，带回四尺整开写生稿若干（四尺整开在野外写生中属"大家伙"），请友观摩，苦诉在野外画四尺整开的作品，如何不易，不便携带、不好固定、害

《易安词韵》 中国美术馆收藏

怕日晒，尤怕风吹等等等等。海波兄感慨："其实写生嘛，方便为宜，画小画即可。"李光两眼一瞪，极其认真地说："那哪行，我可是'大'画家嘛！"

4. 一日，海波兄与妻子在学校里散步，遇妻子一同事，谈到了一位共同朋友的孩子。同事道："你看这孩子怎么弄？考表演吧，形象不行；考播音吧，普通话不行；唱歌吧，嗓子不行。"妻曰："那就让他考导演吧。""可他那综合条件不行啊，愁死我了。"海波在旁插一嘴："你看这样行吧？"两人皆扭头望之，戚戚以待，"让他考副导演。"

5. 济南某艺博会，全国画家云集，作品颇多，一件挨着一件，参观者摩肩接踵，呈赶集状。收藏爱好者梁某遇到知名画家张某，因彼此较熟，于是劈头一句："你的摊位在哪？唉，你现在多少钱一斤？"张某说："咳咳咳，怎么说话，那叫摊位吗，叫展位好不好。什么叫多少钱一斤，是多少钱一尺。"梁某反映很快："没布票，议价行不？"（计划经济时代，买布论尺要布票，黑市上买布能议价）

6. 于大忠，白啊，模样长得倍儿帅，人送俄罗斯绰号——大忠斯基。大忠去澡堂洗澡，人家说，"这么白还用洗吗？"画家赵建军与大忠在北京央美进修时住同一宿舍，一日，建军窥到大忠裸露较大面积的皮肤，讥曰："大忠，好啊。"大忠不知何意："怎么了？""你这白癜风长得，匀和！"

7. 某日，海波兄多日未见赵建军，寒暄过后，口出打油一首，"君住佛山南，我住佛山北，日日思君不见君（建军），共饮自来水。"后建军调北京工作，而海波也搬到"佛山南"。某日俩人在佛山南见面，海波劈头一句"用得着吗？为躲我跑到北京待着"。

8. 画家李丽萍有次骑自行车闯了红灯，警察招手示意，让其过来，丽萍骑至警察面前，神情十分焦急地问道："这里有卖包子的吗？"

"有，那边。"

"肉的还是素的？"

"素的吧……"

不待警察说完，丽萍又问，"什么馅儿的？"

"好几种吧。"

"那谢啦！"说完，丽萍翩然而去。待警察回过神来，丽萍已冲出好远。

9. 一日，刘胜军妻买回樱桃若干，胜军想吃却又懒得洗，想支使妻洗，又觉不妥，犹豫再三，信口唱："樱桃好吃口难开，樱桃好吃口难开。"妻子听之惘然不动。反复数次后，妻仍"岿然"。胜军便有些急，不禁大声唱道："樱桃好吃树难栽，小曲好唱口难开。"妻亦高声道："口难开、口难开，你都唱了一晚上了，树都栽活了。"

10. 一女学生大学毕业考研究生未果，理想破灭，回到现实，于是准备找工作、结婚成家立业。某一阶段遇一博士谈恋爱，海波兄听后戏谑："嘿！高升了哈，没当上研究生，倒是当上博士'后'了！"

11. 玉泉兄背微驼，是微微驼，现在不显。年轻时，别人都挺拔得跟小白杨似的，玉泉就显得有那么一点突出。那年正流行电影《少林寺》，泉兄嗓音洪亮善朗诵，常用带点东北口音的普通话，比比画画地朗诵《少林寺》中的"站如松，坐如钟，行如风，睡如弓"。同学张丽华听后小声嘟囔："你是站如弓，坐如弓，行如弓，睡如弓。"不过也好，二十年后，同学们由于职业习惯都有了颈椎毛病，谁知刘玉泉完好如初——"架不住天生角度合适"——这可是他自己说的。

12. 烟台画家袁大仪和刘泽文出去办事，袁是主席、刘是秘书长，刘自然要出面介绍："我是刘泽文，刘少奇的刘，毛泽东的泽，孙文的文。这位是袁大仪，袁大仪的袁，袁大仪的大，袁大仪的仪。"他都是大名人，人家啥都不是。

13. 一日，青年美协主席侯滨给海波兄打电话："在家干吗呢？""没干吗。"海波兄回答。"听说在家学外语？""没办法，不是要评职称嘛。"侯无限鄙视地说："我靠，你还学外语？二十四个字母你认全了吧？""还真认不全，但我知道是二十六个。"

14. 一日，某友在千佛山开了个小店，约美术系的老师在山上吃饭，当时的国画教研室主任高延军携众同事前往，席间，一同事出一上联"山上请客高宴君（高延军）"，众人皆呈思考状，海波兄脱口而出："浪里划船越海波（岳海波）。"后来大家又趁着酒劲凑了好多类似的对子，如"且听玉泉徐涌声（刘玉泉、徐永生）"，"争看辛夷旺盛花（韦辛夷、王盛华）"。

15. 王盛华的作品应邀参加中国艺术研究院举办的《2002·中国画邀请展》，并在山东博物馆展出。他画几个大桃子，白白的带了一点儿桃红色，有两个姑娘来到画前一看："哎，是桃吗？""是吗？""怎么这么白呢？""哦，知道了，是棉桃吧。"

其实棉桃是绿的。

16. 李勇年轻时，有个同学在电视台工作，要给他拍个专题片。为此，同学要去介绍李勇的业绩，来说服主任。他拿了一本《中南海收藏作品集》，其中有齐白石等名家，当然也有李勇的作品。主任是搞戏曲的，讲了半天还是不明白。他同学急了，一瞪眼："你和梅兰芳同台演出过吗？李勇这就相当于与梅兰芳同台演出，'联袂'，你懂吗？"

17. 一日，海波兄为自己编了一段快板（用快板行进速度）：当了个当，当了个当，一个画家岳海波，龇着龅牙乐呵呵，老婆孩子还不错，他吃着碗里看着锅，一天到晚糟践墨，逮着美女玩花活，画饼充饥顶啥用，当了个当，当了个当，有啥用来有啥用，唉！！过过眼瘾也快活，是过过眼瘾也快活！

18. 刘胜军一时兴起，为海波兄赋十六字令一首：

波，

震荡四海丘山岳，

未开口，

已见牙交错。

波，

宅心仁厚彰艺德，

从者众，

相聚欢笑多。

波，

桃李天下遭讴歌，

一日师，

终生得叫爹。

19. 画家刘胜军儿子长得漂亮，英俊无比，自然少不了"卖帅"。刘胜军有时心里不平衡，终有一日，按捺不住，脱口而出："你小子别盲目乐观，过不了几年，你和你爸一个熊样儿。"

20. 青岛某画家，有一年通过中间人，揽得一个画工艺品鸡蛋的活儿，历尽千辛，完成两箱，一心等中间人来送报酬。一日，遇到中间人："我画的那两箱鸡蛋呢？"

中间人无比痛苦地说："你画的鸡蛋，让我不小心给坐了。"

画家仍怀一线希望："那一箱呢？"

"也让我坐了。"

画家愤怒地说："你总不能坐了这箱又坐那箱吧？"

"我……我真就这样坐了。"

"我揍死你。"

"别忙别忙，你等等"，中间人返身进里间，少顷，取出相册，翻开一裸上身像，说："你看我年轻时多壮啊。"

21. 那一年，我们去外省写生，已是十一月初，某同学依然穿着露趾黑凉鞋，因天气转凉，又添上一双黑袜子，终日翻山越岭，两个脚趾把袜子顶出了洞，黑鞋黑袜子，露着两个大脚趾，颇为扎眼。一日，某同学正在挥笔写生，见远处走来几个青年男女，该同学知道这些男女路过必看他的画，自然会看到自己这双脚，露着两个洞实在不雅，慌乱之中，急中生智，饱蘸浓墨，啪啪两笔，抹在脚趾上，顿时"浑然一体"了。

22. 刘胜军有一阵想戒烟，恐戒得太狠，难以承受，便给自己约法三章：自己不带烟，别人给时，一般不抽，须硬让三次之后，才可接受。如此这般，效果不错，时间长了，朋友知道此事缘由，想给胜军烟时，往往一气儿问三遍："抽烟吧？抽烟吧？抽烟吧？"结果，胜军的烟瘾有增无减。再后来，朋友逗引胜军："抽烟吧？抽烟吧？"两遍后就不再问，胜军急了，伸手去夺，"什么一遍二遍三遍，你给我拿过来吧！"

23. 李济民夫人有时在单位值夜班，济民外出参加晚宴，必带上三四岁的儿子。某日，在东方大厦顶楼旋转餐厅朋友聚会，席间，孩子小坐不住，满楼乱跑，进卫生间，见一男子喝醉正对着大便池呕吐，孩子小，没见过这阵势，非常着急，"叔叔你怎么了？"那人看他一眼，继续呕吐。

"叔叔、叔叔你怎么了？"

那男子瞪眼道："没怎么。"

"那、那、那你怎么从上面？"

24. 刘光聪明绝顶，机智幽默。有时，他问人要烟："我没带火，你带烟了吗？"好像他身上带了一样似的，其实一样也没带。

吃饭上菜时会说："趁热快吃吧，凉了就不热了。"

有时劝人吃菜："吃了，吃了，吃了不疼瞎了疼。瞎了就看不见了。"

扶人过马路时会说："小心小心，别碰坏了人家的车，宝马呢，挺贵！"

买东西会说："这东西好，不但便宜，而且不贵，还省钱。"

送人东西："不嫌好，你就拿着！"

约朋友："走、走、走！跟着我，到你家吃饭去！"

酒桌前，"菜好不要紧，但酒不能孬了。"

在酒店吃饭，去晚了，饭菜都凉了，老板是个朋友，过来关切地问道："这饭还行吧？"刘光不好驳面子，答："挺好、挺好，冰镇的。"

25. 中国刚时兴把运输叫"物流"时，一"物流"老板请画家吃饭，席间海波兄问："何为'物流'？"老板解释："就是运送物资，物资流动。"海波茅塞顿开："噢，运送物资叫'物流'，要是运送人员，比如公交车，就该叫'人流'了。"

26. 海波兄给学生上连环画课，"连环画是用多幅连续的画，讲一个故事，其表现形式多样，勾线、黑白、明暗、块面、国画、油画、版画等等，这么说吧，除雕塑以外，其他任何画种都可作连环画"。学生吴守峰在下面举手，曰："老师，泥塑收租院是连环画吗？"海波兄愕然。

27. 海波兄画室紧邻千佛山，打油一首："高楼开门见山，阳光温暖耀眼；伸出窗外抽烟，真他妈的舒坦。"

一日雨前，云山雾绕，海波兄注目良久，感慨良多，"乌云翻卷上九霄，心随飞鸟振翅高；似涌情思胸中出，搜肠刮肚尿一泡"。

28. 梁文博领学生去南方写生，到黄山，见香炉峰，曰："此乃李白作'日照香炉生紫烟'处。"学生问："老师，那是庐山吧？"

29. 海波兄夫妇与王立志老师夫妇等外出旅游，一日晨，王老师及夫人赵光楣自远处走来，海波兄妻曰："赵老师，今天真漂亮。"海波兄又补充一句："人家赵老师是天生丽质。"后觉应也夸王老师几句，便说："赵老师是天生丽质，王老师是天生王立志。"

30. 袁老师新买一个沙发，海波妻与其闲聊时，误将电视说成沙发，对袁曰："现在有一种新式的，可以挂在墙上。"

袁一头雾水，问："是和橱子一体的？"

"不是。就挂在半空。可以高点也可以低点，怎么方便怎么来。"

"哦，可以打开吗？"

"不用，挂在墙上就行。"

"哦。那怎么坐？"

"坐它干吗？"

……

于是，袁老师一直处于无限认真思考的状态。

31. S友颇胖，成为朋友调笑的"由头"，于是下决心减肥，半年下来，体重竟少了四十多斤。一日，朋友聚会，海波兄对其曰："S友你那些肥了的裤子，先别忙着处理，说不定哪天我们胖起来，好穿你的。"S友道："我那些裤子你们穿着短吧？"不待S友说完，姜超接道："我们就当裤衩了。"

S友好歹地躲过了胖，却没能躲过矮。

32. 那年去陕北写生，刘胜军、岳海波、党震住在一个窑洞里的炕上，刘老师、岳老师分住炕的左右，党震睡在中间，党震用功睡得晚，每每党震睡时，两边先生已鼾声如雷，此起彼伏，搅得党震很难睡好，挨到第二天早晨，党震说，二位仁兄太厉害了，双频道环绕立体声啊！

33. 那一日，党震问岳海波："您多大了？"岳老师说："五十七了"。党震很真诚地说："哦，不像不像，看不出来，我一直认为您五十五六呢！"

给自己捧个场

　　我有时对别人说我不会画国画，别人不信，连我老婆都不信。"上了七年专业学校，教了十六七年国画，你说你不会画国画，不是瞎谦虚吗？！"其实我想说国画才开始画，以后会画得更好。因为我明白，我把一生中最好的时光都用在画连环画上了，甚至付了健康的代价。连环画是艺术创作中的马拉松，需要相当的精力和体力。现在身体不行了，对心爱的连环画是"有贼心，有贼胆，没贼体力"。我的老师对我说："海波，别画连环画了。你是用骨头蘸着血在画啊。"我嘿嘿一笑，心中却是一热：他是真心爱我。早就想金盆洗手，可是连环画这支笔却一直没挂起来。什么原因？记得那年在沂蒙，病得不轻，撑到医院，化验结果一出，汗水把衬衣都湿透了。大冷的天，那绝对是吓的。这年头没人不怕死。第一个想到的是孩子，才两岁就没了爸爸；第二个是老母亲，白发人送黑发人，得伤多大的心；三是事业，画了十几年画，一直在打基础，还没在创作上一展雄风就不行了。真的，连老婆都没顾上想，可能在潜意识中觉得老婆年轻貌美，善解人意，不愁找不到好主。事后想想，人活着是一种本能，一种本能的责任。为人父你得抚养好孩子，为人子你得养老送终。这是你最起码的责任。作为一个美术工作者，你的责任就是画出对社会有益的作品。得一次病，就是一次参禅悟道的修炼。人只有真正面对死亡，才能体会到：活着比什么都重要，功名利禄如过眼云烟，由不得你不淡泊。人如果没有了生命的数量，就得考虑生命的质量，活着总得干成点事，要不岂不是瞎活。连环画是出力不出名、出大力不多挣钱的活儿，但是现在哪个孩子不是伴随着连环画长大的？当你创作的连环画作品被编辑拿走了，心里就有种孩子让人抱去的感觉，那是一段心血的生命历程，但很快你的作品会印成千册万册，走进万户千家。孩子在你的作品中受到知识的启迪、美的熏陶，我就觉得尽到了一点责任，足矣。一个画画的，别光顾了挣钱，"人要脸树要皮"，济南人讲话，做人得"场面"，别为了仨瓜俩枣坏了一世之名。

　　连环画是无人喝彩的活儿，今天豁上脸皮给自己捧个场，叫个好，就像李兆虬常说的——"好啊！"

1995 - 3

寻　芳

"村里有个姑娘叫小芳，长得好看又善良，一双美丽的大眼睛，辫子粗又长……"借青岛大学美术学院举办"走过二十年——山东艺术学院美术系同窗毕业执教二十年绘画展"之际，我们同学多人踏上了去崂山的路，不知谁哼起了这首歌，大家也下意识地跟着哼，思绪也随着歌声飘荡开来。

其实那时没有这首歌。那时刚流行"路边的野花不要采……"二十三年了，上大一的时候，我们打着背包扛着行李来到崂山的青山、长岭"开门办学"，体验生活搞创作。到了村里，我们三三两两分散地住进了老乡的家里。白天分组到各生产队去山里干农活，到海滩上收海带，平时帮助老乡打扫院子、挑水。记得有一次，我帮老乡上山扛柴火，那时傻小子有的是劲，我扛了好大一个垛子，不小心踏进一个小石洞里，顿时腿上蹭了一个大口子，血从膝盖一直流到脚面上。当时电视里正演日本的《血疑》（里面的女主角有白血病，一出血，止不住），同学们开玩笑"止不住了，止不住了"，这个疤赫然留至今日。在那个时代，大学生是"稀有动物"。我们的房东有两个女儿，每天晚上带着她们的女伴在我们房里玩。有时我们为她们画速写，有时她们看我们画画。张丽华幽默，常逗得她们哈哈大笑。有个细节我还记忆犹新：一天晚上，姐姐叫妹妹回房睡觉，妹妹说："俺不，俺得再笑一次，再回去。"

崂山号称海上第一山，山明水秀，姑娘长得确实漂亮。有一次我和丽华在海边碰上一个十六七的小嫚，水灵极了，于是很想给她画个像，就尾随到她家。她父母端水倒茶很热情，但说到为她画像，任你磨破嘴皮，她父亲就四个字："甭费那事。"难怪，"改革开放"才刚开始吗。丽华现在还记得那小姑娘的名字——小bian。不知是哪个bian。我们在那儿待了很长时间，放暑假了都没回来，分别时确实有点恋恋不舍。记不清是姐姐还是妹妹了，送给我一双鞋垫，是在红布上用色线一针针锈出美丽的图案。送给丽华的是白毛巾，上面印着红字"三好学生"。肯定是攒了多年的纪念品。后来"哥哥、妹妹"的有了些书信来往，一两年后，张泰捷回去看她们，据说临走时妹妹为泰捷蒸了些糖包，"送你送到小村外，有句话儿要交代……"交代的什么不知道，但肯定不是"路边的野花不要采"。

崂山的这几个月，对我们来说太重要了，我们班的作品大都入选了当年的山东国画展，油画班的画成了轰动全国油画界的"山东风土人情油画晋京画展"的主力作品，王克举的《鱼汛》、梁文博的《熏风》入选年底的"中国首届青年美展"。王克举还得了铜奖。我画的《渔归》获"山东八大艺术院校师生美展"一等奖，那是我第一次在美术方面获奖，而且在此之前我一直在画人物方面没有信心。我们有"走过二十年"的今天，与崂山那段时光不无关系。一九九三年，杨庆义的《崂山风情》获全国美展铜奖。就是在今天"走过二十年"画展中，杨庆义还拿出一套《崂山风情》系列。其实，从那以后的二十三年，庆义一直就没回过崂山。

　　车子快进村了，一个中年妇女挑着担子闪过，青岛大学的同行起哄，"快看，小芳"，人们便笑。村子变化真大，进这些村子都要在进崂山时买门票，村里盖起很多小楼，连看家狗都成了"京巴"。王力克向一位妇女打听他们的房东，那人说我知道，我领你去，你给多少钱。大家心里便有种说不上来的滋味，一种怅然若失的感觉。我和宋齐鸣碰上一个村人，一个面目非常生疏的人，小宋帮他回忆起了二十三年前，有一帮画画的学生在这村里住过。那人若有所思，良久，突然脱口说出，"是的，有个叫齐鸣的"。小宋说，"我就是齐鸣"。我脑子一热，闪出什么人的一句诗"纵使相逢应不识，尘满面，鬓如霜"。王玉萍找的玲玲当年是不到二十岁的青年，若不是别人指引，彼此相见，绝不会相识。这会儿她正在蒸馒头，满屋子蒸气。我们一下子进去好多人，"青大"同行一直被感动着，他们的书记就想写点什么，所以冲在最前面。这么多人出现在玲玲面前，玲玲有些蒙。"你不记得我了吗？我是王玉萍"。玲玲端详半天，"你是玉萍姐？你怎么瘦了？"说着玲玲抱着王玉萍就哭了起来，大伙的眼睛也湿润起来。两人越哭越厉害，以至于浑身颤抖。人们本想看个动人的场面，现在实在不忍再去看，便纷纷自动退出，悄悄把门掩上。力克找到房东时也很感人，可惜我没在场，据说把力克感动得直掏钱。庆义终于没找到他的房东，但他脑子很好，不但认出了为我们做饭的大娘，还指着她女儿说，你那时在青山打石头。在这个村往正北一点，就是我们国画班下乡的地方，我们的"画室"依然还在，只是已经破烂不堪，里面堆放了些酒，我们国画班的同学在那里照了张合影。再往前走就看到路边也是海边的那块大石头，好大啊，记得村民说用这块石头盖座大楼富富有余。我在这里听过一首歌，是李谷一的《绒花》，那是我一生中听到的最好听的一首歌。夏季里的下午，一场暴雨过后，空气中弥漫着清爽，我们画了一天画，累了，出来散步，海出奇的静，鸟不鸣，蛙不叫，云彩飘在山间，一动也不动，记得好像是刘玉泉说是云雾，我说这么美的景叫"云雾"，"不足以平民愤"，应该叫"烟岚"。大家就在大石头上静静地坐着、躺着，"绒花，绒花，一路芬芳，撒满天涯……"这歌声是从"烟岚"遮掩的一个小村子里的喇叭中传出来的，似有还无，若隐若现，只有静下心来才能体味出那韵味。那歌声与大自然融为一体，想想那感觉飘然若仙，绝对是可遇不可求的"偶得"。

大家很顺利地找到了梁文博的房东，他叫刘连刚，当年是村里唯一的拖拉机手。相见比较平静，一是大家情感有些麻木，二是文博和他有些联系，寄过大米什么的。连刚老了，一脸的沧桑，一笑那些沧桑便拥抱在一起。其实看着这些沧桑，也就看见了我们自己。连刚问起"志民、玉泉他们怎么没来？"我们告诉他，志民现在是院长，前天回去了；玉泉现在是系书记，也因为工作忙，昨天回去了。我们一起看了连刚的老房子，就去找我的房东。我在想象会面的情景：一个人不可能在一个地方摔倒两次，同样的剧情，重复多次就不感人了，再说我这个人挺"硬"，刚才那么多人感动得哭了，我也颇有同感，但没到落下泪来的程度。房东的女儿就出嫁在本村，找她很方便。我这个人忘性大，实在想不起她是姐姐还是妹妹，也没好意思问，她父亲已经不在多年了，母亲八十多岁了。她说，我母亲前些年还念叨你们，这几年老糊涂了，不太认人了。我们去看了老人的新房子，很宽敞，只是显得有些冷清。老大娘木然地看着我们，把我们当成参观新房的客人。临走小晖觉得该和老人打个招呼，就指着我说："大娘，你认识他吗？"大娘仔细地看着我，她眼角有白色的分泌物，眼睛不停地眨着，她的手慢慢地抬起，指着我说："这——不——是——小——海——波——吗？我以为再也见不到你了。"

我都快五十了，她居然叫我小海波，我觉得一股气往上顶，鼻子一酸，泪便在久违的脸上流了下来。

2003 - 12

手植杨

那天，去学校候班车，去早了，在校门口溜达，踩着沙沙的秋叶，望着参天的白杨，心里悠悠然就响起了《小白杨》那首歌：一棵小白杨，长在哨所旁，根儿深，干儿壮……

这些杨树，是我在本校上一年级时和同学一起亲手栽的。孔子在杏坛讲学的地方，有他的"手植桧"，我们在读书的地方有"手植杨"。

记得那天我们在课堂上画石膏死面像，那是我在山东五七艺术学校期间画得最好的一张石膏像，也是最后一张石膏像，因为不久就开始"批林批孔"运动，我们都下乡"开门办学"了，不让画资产阶级的石膏像了（在乡下，李振才、史振峰等老师，让我们画白瓷的茶壶、茶碗等，也算是一种变相的石膏教具吧）。当时是赵玉琢老师给我们上课，赵老师总是很认真，不停地给学生改画。他走到我的画前，用他那独特修长、微微上翘的右手食指（每一位赵老师的学生都会记得赵老师的右手食指），在我的画的暗部使劲来回一抹，顿时手指上染上一层泛着铅粉光亮的黑色。他还嫌不过瘾，又随手用他的围脖在画面上毫无顾忌地一抹，我心里闪过一句毛主席诗词（那年头人们都有这种能耐，啥事都能和毛主席语录联系起来）"黑手高悬霸主鞭"。我辛辛苦苦画了一两天的细部，就这么两抹给毁了。赵老师给我简单地画了两下，说了句，"这地方再强调强调"，就给其他同学辅导去了。这件事我记得很清楚，因为我不明白什么叫"强调强调"，那时是"新兵蛋子"，不敢问。不过后来我把那张画画得很好，原来我画得太实，太碎了，赵老师"黑手高悬"把画面抹整体了。我很高兴，赵老师也当着同学的面把我表扬一番，说我悟性好。但我真没悟出什么是"强调强调"。这时有人到我们班抽调几个人去劳动，我就自告奋勇参加了。

那天天色灰蒙蒙的，很冷，大家都穿着棉袄（那是真正用棉花做的袄）。我们六七个男生，坐在郑师傅的敞篷大卡车上，因不常坐车，故兴奋异常。我们敲打着车厢，一路高歌，"我们走在大路上，意气风发，斗志昂扬，毛主席引导革命的队伍，披荆斩棘奔向前方，向前进，向前进……"直到郑师傅停下车，从驾驶室里探出头，一脸阶级斗争地吼了一嗓子："咋呼个屁啊！"大家便觉扫兴，于是拥在一起"挤油油"。那时车少，又没有红绿灯，很快就到了西郊苗圃，拉回一车白杨树苗。

下午，便栽起树来。那时校外这条路不怎么平整，路中间还有条半米深的排水沟，校门往东没围墙，拉了一道铁丝网（从今天"和谐社会"的角度来看，真有点不和谐），所以分不大出校内校外，大家就在铁丝网外挖起了树坑。好歹有了这么一个可以用劳动的汗水洗刷资产阶级思想的机会（我们那时真这么想），大家在有劲的时候总是一阵猛干，有的手上都磨出了泡。树苗埋下后，就围着小树一阵猛踩，因为一个老师说，"只要踩得下，棒槌也发芽"。然后，小伙子们一个个端着脸盆，一路小跑地把水浇上，便作鸟兽散。在星期天晚上的例行班会上，大家还要做"斗私批修"的劳动小结发言，还一定要把栽树与把红旗栽到世界上三分之二的受苦受难的国家的国土上联系起来。

那时我们学校依然延续在"农村包围城市"的战略环境之中（三十年河东，三十年河西，现在是城市包围农村了），西墙外是阳光大队，现在是卖小吃最多的地方，当年却是晒粪饼子最多的地方。南墙外是麦子地，有时"晚风中吹来一阵阵欢乐的歌声"，那是公社社员的歌声，如果叫"欢乐的喊声"可能会更确切些。生活虽然艰辛，社员们却自得其乐，老娘们儿能当着我们的面，把老爷们儿的裤子扒下来。秋天里，下了晚自习，有个别同学会去摘些半生不熟的玉米充饥。那当然是世界观没改造好的个别学生所为，我不屑为之。东边没墙，是个大沟——羊头峪西沟，雨季里，大佛头周边的山水就从这里浩浩荡荡流走。河的南边有几

个拦水坝，可以游泳，我曾从水坝上不慎伏面滑下，两个胯骨磨得露出白茬。我没记得去医院，也没记得上过什么药，那时皮实。从我们美术系的小红楼到北院要经过空军的一个后勤运输连，那里常放着几辆军用卡车。现在南院教学楼的西边，不知是哪个单位的木材堆放场所，拉着铁丝网，里面种着一大片"葵花朵朵向阳开"，煞是好看。每到秋天，夕阳映衬之下，我常常会在此注目良久。每棵向日葵都低着硕大的头，下垂着枯黄的叶子，就像一群默哀的人，是那么肃穆，那么沧桑，那么悲哀……在这样一个环境里种树，很好活，没见浇过几次水，小杨树木已成林了。

"天增岁月人增寿"，树长年轮人长皱，不觉间脸上已爬满了"线描"。最近翻出一组我们上学时的照片，真是风华正茂，"青春少年样样红，要雨得雨，要风得风"。每当在某些场合，沦为"著名画家""某某教授"时，便悲从心来。当人们拥有最宝贵的东西——青春和旺盛的生命力时，却认为自己一无所有，壮志未酬，"为赋新辞强说愁"。当人们有了名誉，地位，成绩时，一如秋日夕阳中的向日葵，那低垂的硕大脑袋一定是在深深的回忆，那曾经拥有的勃勃新绿，那如花的朝阳，那如阳的花季……

往事如烟，却不肯散尽。望着这一排排"手植杨"，不知是悲是喜。好在我们这拨同学一如"手植杨"，成为栋梁之材。我们也变成了赵老师、李老师、史老师。

"芳林新叶催陈叶，流水前波让后波"。我作为秋天里的向日葵，希望同学们"花开堪折直须折，莫待无花空折枝"，认真对待生命中的每一天，"好好学习，天天向上"，"莫等闲，白了少年头，空悲切"。这段时间我常独自去学校西南角的老美术系小红楼，那个小楼冬暖夏凉，盖得特别结实，七六年大地震时，很多家属都躲进小红楼避难。进去右手第一个门，是我和毛岱宗做学生、当青年教师时的传达、保卫室兼宿舍。"雕栏玉砌应犹在，只是朱颜改"，就连厕所飘出的气味都是那么的熟悉，耳畔似乎又响起京剧打击乐的清脆声。也许是我自作多情，毕竟小红楼里有我的青春岁月。但我总觉得小红楼里弥散着一种精神，至今不肯散去，那是一种魂，那是美术系的魂。听说小红楼要拆了，我希望在拆之前，我们的老师和老同学们去向小红楼告别，去重温我们的魂，去带走我们的魂。美术系是有魂的，我说不清是什么东西，"魂"本身就是说不清的嘛。当年老师们都心无旁骛，一心教好学生；学生都和小白杨一样，虽然纤细，却挺拔、欣欣向荣的样子。艰苦朴素，孜孜以求，勤奋好学，努力向上，一直就是美术系在小红楼时的优良传统。真的，那时食堂里的大师傅，看到美术系学生来打饭都会深深地打满一勺。这点可以向毛主席保证。不管到何时何地，美术系的优良传统不能丢，要发扬到新校区去。

我们是赵老师们的"手植杨"，你们是岳老师们的"手植杨"，希望你们有机会在新校区也亲手栽下一排"手植杨"，等到你们成为秋天里的向日葵时，再回来看看这些"手植杨"。

2006年11月 / 应《院报》之邀写之

我的艺术主张

　　摆在我们面前有两条大河：一条是优秀的民族文化传统，一条是先进的西方现代意识。两条大河奔流不息，有时相汇交融，有时分道扬镳，叫我们如何选择？我们的绘画也是这样，有人穿着土布衣衫，脚蹬圆口布鞋，坐在太师椅上，端着清茶，坚持着传统。也有人西装革履，开着劳斯莱斯，穿梭在高楼林立的大道上。当然也有人穿着中山装，高举这中西合璧的大旗。说不上谁好谁坏，更谈不上谁对谁错。但是具体到每一个画家，作为个体你必须要选择，"必须的"。

　　我是一个颇有毅力的人，却又是一个左右摇摆、举棋不定的人，或者说什么光都想沾一点的人。曾经无限虔诚地去曲阜朝拜孔夫子，也曾勒着领带人模人样地走在曼哈顿第五大道上。时不时地还会想起老同学隋建国那件洪钟大吕般的雕塑作品——中山装。海参再好，也不能一日三餐，顿顿是它。吃点别的有利于好好发育——尽管我已过了发育期！非要让我选择的话，我就左右摇摆地落下这步棋——中山装。

2011 - 8 - 1

以写生的名义

"以写生的名义"，好像背后有什么阴谋，好像有什么不可告人的目的。其实，非也。"以写生的名义"，都是些阳谋，都是些可告人的目的。

"以写生的名义"，练练笔头子。过去说"素描是一切造型的基础"。不知我们的祖先，那些名留青史的大师们，画没画过素描，他们的素描水平，恐怕考艺术学院都进不了复试。但写生无疑是一切造型艺术的基础。不会写生的人肯定画不出最好的画。于是，我们就"以写生的名义"，在你家、我家、他们家或教室里，让用糖衣裹着的炮弹击中的人来给我们当模特。有时没模特，大家就互相画，把亲朋好友无比残忍地照死里摧残一把，那感觉爽极了，就像黄世仁他妈用簪子去扎昏昏欲睡的喜儿。哎，你别说这种训练方式，还真抓住了写生的要谛——抓大形，抓特征，画谁像谁，比真人还像。有了这本事，何愁日后画不出好画。

"以写生的名义"，到荒郊野外，去感受大自然的春光、秋风，让阳光照在背上，汗滋滋的，其暖也融融、其乐也融融。去大明湖画荷花，去趵突泉画芭蕉，去植物园画那些不知名的植物，去红叶谷画夕阳染醉的红叶，去锦绣川画依山傍水的三两人家。"以写生的名义"，不仅是练练笔头子，还有对美的发现，对美的理解，平凡的一草一木，一花一石，一片白云，一抹晚霞……无不感动着我们。在此结庐，平生足矣。置身于天人合一的状态中，有种远离尘嚣的舒坦，有种活在诗意中的美感。

"以写生的名义"，把大家聚在一起，也不光是切磋技艺，也趁机凑个饭局，过过烟瘾、酒瘾，讲讲带颜色的故事。一会儿含沙射影，冷嘲热讽地把你打入十八层地狱；一会儿又甜言蜜语，阿谀奉承地把你捧上九霄云天，个个练就铁嘴钢牙。在这个环境里，常常笑得腮帮子发酸，腹肌紧张，那高兴劲儿，好像中国足球队踢进世界杯；好像2001年中国的好事都在这一天来临。家庭的烦恼、生活的不顺、工作的忧虑，一切的一切都随着烟雾与笑声飘得无影无踪。没有写生的画家是乏味的，没有笑声的画家更乏味。

"以写生的名义"，以绘画的需要，我们还会在每年的八月十五去千佛山赏月，去水库钓鱼，在陪着夫人们逛商场时留意间或闪过的美女……总之，"以写生的名义"是个很好的名义，为了这个名义，让我们团结起来——将写生进行到底。

2001 - 10

写于膏油班

坐在支流上的思考

前两天，我接到策展人曹平小姐的电话，约我为"2007年山东青年艺术双年展——当代水墨"写点什么。我一直比较关注这拨人，于是欣然接受。

我接这个电话的时候正与一帮画家乘着竹筏在游武夷山。脚下（真是"脚下"，我脚上套着塑料袋，不然脚下的水会湿鞋）是清澈见底的溪流，两侧是壁立千仞的巨石悬崖，称得上人间仙境。睹物生情，我聊起了绘画主流与支流这个话题，然后延伸到绘画的功能时与梁文博先生发生争执。梁兄一旦激起火来，别看磕磕巴巴，却滔滔不绝。说"滔滔不绝"可能有点大；说"不绝吧"，还不及脚下的溪流；但说"滔滔"，就可能胜过脚下的溪流了。后来安徽女画家黄少华实在听不下去，说："嘿，俩老同学开起研讨会来了。"我便说："在这里争论这个，真是暴殄天物！"于是又回到人间仙境。

这条溪流是岷江的众多源头之一，称不上是主流，顶多是个重要的支流，它却以九曲回转的特色而闻名天下。"脚下"变"天下"，缘于它与众不同。

这拨参展画家很多都是老熟人，他们大都出生在70年代（80年代的较少），成长于80年代，学习于90年代，然后在新时代崭露头角。他们所处的时代和社会经历决定了他们不同于前人的艺术风格，我觉得他们的艺术成就主要体现在以下几个方面：一是创造出不同于前人的新的笔墨表现样式；二是建立起新的与这个时代相适应的审美情趣；三是不断拓展水墨领域的创作题材；四是更加关注自我，通过表现自我来反映社会。这确实是一支不可小觑的艺术新军。

但是——哈！最怕说"但是"——他们不是，或者说目前还不是绘画的主流。"主流是势力，主流是权力"（陈丹青语）。主流被40年代、50年代或者是60年代的人掌控着。值得欣慰的是陈丹青当年画《西藏组画》时，在众多"主题先行"的绘画里，他也不是主流；罗中立画《父亲》时，在众多"歌功颂德"的作品中，他也不是主流。但是他们矗立起来了里程碑，他们是那个80年代的"70后"。

"一滴水融入江河，才能奔流不息"。是的，选择了"主流"，就像上了一列火车，不但安全还一往无前。但是，"一滴水融入江河"，还能找到那滴水吗？你挤进那个人声鼎沸的火车，还能找到北吗？我列出两套名单，请看官们看一下对哪一套的人名更熟悉一些。第一套名单是：傅以渐、王式丹、毕沅、林召堂、王云锦、刘原壮、陈沆、刘福姚、刘春霖。第二套名单是：李渔、洪升、顾炎武、金圣叹、黄宗羲、吴敬梓、蒲松龄、洪秀全、袁世凯。看官们可能会对第二套名单的人名更熟悉一些，然而第一套名单的人却是在当时文化圈风光无限、光彩照人的状元郎、驸马、宰相快婿等堪称"主流"的人物。而第二套名单的人都是些落第秀才、破落文人，是那个时代的"支流"。岁月无情，多少年过去了，"三十年河东，三十年河西"，"支流"汇成了"主流"。主流会淹没主流人物的才华，支流会彰显支流人物的才华。今天的支流会成为明天的主流。

陈丹青说，选择主流是下策。但什么是中策？什么是上策？他说他也不知道。这是"70后"们值得思考的一个问题。

我小时候，记得毛主席他老人家的一段语录，不幸我也到了有资格说这句话的时候，转送给各位"70后""80后"的参展画家：世界是你们的，也是我们的，但归根结底是你们的。你们青年人朝气蓬勃，正在兴旺的时期，好像早晨八九点钟的太阳，希望寄托在你们身上。

2007 - 11 - 29

岳海波综合材料水墨系列之二　46×60cm

信马要"有"缰

"材料"的出现使绘画有了无限的可能，真可以用极端的字眼"无限"来形容。

综合材料的绘画打破了传统绘画的很多重要的要素、规矩和标准。比如形体，比如色彩，比如笔墨，比如……。从而"材料"如脱缰之马，纵横驰骋，自由自在，给创作以无限的想象力和创造力，以至"无限"。因为生活中不起眼的一个物件都有可能引起一种技法尝试，从而激起创作的冲动。

天马行空，多好的事啊。

岳海波作品 翻手云 60×45cm

　　"天上不会掉馅饼"，就是老天爷往下扔馅饼，也会让那些死等的人接着，而不会让"天马"接着。

　　正因为综合材料绘画打破了传统绘画的很多重要的要素、规矩和标准，相对来说也就失去了制衡的高度和评判的标准，虽然天马行空，无法无天，却失去了方向，甚至南辕北辙。这就有些得不偿失了。正因为由材料技法引起的创作冲动而使创作缺少了关键环节——情感的表达，心灵的注入，也就使创作失去了最重要的意义。

　　高山之下必有深谷。我明白了什么叫双刃剑：一刃杀别人，那一刃杀自己。玩不好，就不仅是自废武功的事了，你说要命吧。

　　想起庄子的一个故事。一个操琴高手，玩至出神入化，却将琴束之高阁。别人问其故，他说没有办法，当我弹出一些声，就失去一些声，只有无声时才五音保全，真乃此时无声胜有声。

　　是啊。无声胜有声，无形胜有形，有形易无形难，大象无形，大音希声。没有了有形的标准，必须树立无形的高度。虽然综合材料绘画打破了形体、色彩、笔墨、构图等的束缚，但要在无形的作品中体会出形体、色彩、笔墨、构图等的元素，在无形中流淌出真正的情感。无形之形，无象之象才是真正的高度。

　　可以"信马"，但不能"无缰"。

　　信不信由你。

2014 - 4 - 11／宁波返回济南高铁上

在记忆中重现经典

　　今年原计划是要画一些有"材料"感的抽象表现的山水，但是从年初画了《今月曾经照古人》系列的情感人物画之后，就始终无法停下笔来，总是出现这样那样的问题，按下葫芦起来瓢，弄得手忙脚乱，总是需要下一张作品来解决。比如在一张平面的画中，如何解决古人与今人的时间、空间的关系；如何解决人物客观结构与作者主观随性表现的问题；如何处理传统笔墨线条的丰富变化在多人物场面中的运用问题，等等。就在这"下一张""下一张"的努力之中，日月交替，斗转星移。当某一个黄昏，夕阳西下，感到江郎才尽、黔驴技穷，实在无法再进行"下一张"的努力时，发现已经过去了大半年的时光了。

　　这一阶段的创作主要想借助"今人不见古时月，今月曾经照古人"来表达人世间美好情感的长久与永恒。利用"今月曾经照古人"的时空关系，把古人与今人"穿越"在一起，使传统的表现手法有了"超现实"的现代观念。

　　"树挪死，人挪活"，咱就别在一棵树上吊死了，"笔墨当随时代"，艺术要跟上社会大环境"转型"的步伐。关键是怎么转？向哪儿转？那就"月亮走我也走"吧。也许年龄大了，开始喜欢回忆往事，这是一个自然的、无法抗拒的规律，看到"小鲜肉"会由衷地赞美"多好啊"，会由衷地追忆咱也曾经"鲜"过。"每个人都有属于自己的深刻回忆，回忆起来，总会有那么一个瞬间是一辈子也忘不掉的"。我很赞同宫崎骏的这句话。的确，在我的生命历程中，好像有不止一个瞬间而是几个瞬间是一辈子也忘不掉的，而且是"深刻"的。这份"美好"保留在脑海深处，随着时间的推移愈久愈醇。回忆让一切时光倒转，一瞬间闪过的画面让人隐隐约约想起当时的情景，"像雾像雨又像风"，如梦又如幻。写到这里，我的脑海里仿佛有无数个画面浮现。就在这安静的画室里，当我睁开眼时，又一切如旧……记忆是一种幸福的忧伤。想起古人的那句话，"此情可待成追忆，只是当时已惘然"，"人面不知何处去，桃花依旧笑春风"。最近看了电影《老炮儿》，引发了一代人的追忆。其实很多人对《老炮儿》不一定能深切理解，那是个"义"字当头的时代，它重现了我们记忆中的青春

时光，只有我这个年龄的人感受才多。

春节期间，我们随孔子文化艺术中心组织的考察团去了柬埔寨。时值年三十，大家聚在一起，老大哥曾昭明提议，每个人聊聊自己记忆中最难忘的春节。我想起四十年前，父亲一夜之间被打倒。头两年不知生死，后来从监狱里出来，又被隔离在距我们家不远的一处宅院里，虽然距离可能不到二百米，但是有人看守着，大约有四五年没和家人见面。有一年春节，上面安排我们家人相见，其复杂的心情可想而知。见面时父亲拿出一些他写的诗给我们看。其中一首到现在我还记得，是年三十写的十六字令："鞭，噼里啪啦响半天，声声近，小五在窗前。"小五是我的弟弟，家中的老小。这首小诗，字数不多，却把父亲对家人的思念表达得十分贴切。记得父亲一开始被批斗时，已很久未回家。有一天不知为啥给放了回来一晚上，一家人都围着他，父亲说再抱一下小五吧，那时小五已该上小学了，抱起来有点沉……写到这里，我到阳台上点燃一支烟，平复一下我对父亲的怀念。记忆太神奇了，某件事不知它藏在了脑子里的哪条深沟中，当你想起时，它就跑出来了，历历在目又恍如梦中。从柬埔寨回来，一帮"老炮儿"为我接风，聊的话题是你生命中最早的记忆，这个话题一开头，没三个小时拿不下来。

好了，就把"今月曾经照古人"穿越在"回忆"这个主题上吧。首先，这个回忆是我的回忆，是我生命历程的回忆，或者是我们这一代人对往事的回忆。年轻时，还有一股"我闯、我创"的劲头儿。这一两年开始"重温"经典，以前对传统的经典没怎么系统地读过，或在那时理解得不够深刻，说白了就是不懂。现在回头再读，感觉真是不一样。我特别喜欢顾恺之的《列女图》，那种"春云浮空，流水行地"般的自由与飘逸，那种高古，也是一种品格的体现。前两天女儿的"双个展"开幕式上，孙景波老师说：我不管男性画家还是女性画家，也不管是老画家还是年轻画家，也不管这风格那流派，我只看品格……说得真好，品格是穿越古今的，是亘古不变的。顾恺之，约有两千年了吧，今日读来仍有遥不可及的感觉。不可及的不是技法，是品格。而品格的提升，不仅需要个人的修养，还有整个社会环境的影响。再好的鸡蛋，也要有适宜的温度才能孵成小鸡。

　　行了，咱先别说变小鸡的事，能把蛋的事做好就不错了。试着在"今月曾经照古人"系列里加上了"演绎经典"，说白了就是把我记忆中曾经熟悉的中外艺术中的经典"演绎"在一个画面里，比如德罗克罗瓦的《自由引导人民》，振臂一呼，一群《白毛女》们就翩翩起舞了。马奈的《吹笛子的少年》，笛声一响，这边一个中国人物就出来了。有的画面天上飘着夏加尔热恋中的男女青年，骑着扫帚的时尚唐老鸭，还有达利的柔软的钟表，毕加索的变形裸女以及《韩熙载夜宴图》中吹拉弹唱的歌女，更有甚者一千年前的人了还拿着照相机，听着录音机……反正就是找寻各种理由把它们"攒"在一起。"演绎"嘛，就是把"不会吧？"变成"会吧！"。我在"演绎"的过程中感到很冲动也很好玩。它让我回忆、重温了经典，又让我的想象力和创造力有了更多的施展空间。当然，在创作的过程中也有苦恼，苦恼在于有些"经典"是油画或者是工笔人物画，用写意的方法"临摹"总是差着一块儿。另外，用"表现"的方式描摹"客观"的物象也好像不太协调，有篡改经典的嫌疑。我不是有心篡改，而是无力画准。

不光苦恼，也有质疑，有别人的质疑，更多的是来自自己的质疑。行吗？对吗？好吗？后来扪心自问，我为什么觉得它"好玩"，可能是自己性格中有那么一点"不正经"的元素，有那么一点幽默的成分，有那么一点胡打乱闹的冲动，所以在创作中就选择了这种调侃的方式。记得香港有位导演叫李力持，曾导演了电影《少林足球》，他专拍"无厘头"的作品。相信在生活中他也一定是个爱搞笑的人。

人说画如其人，都到这岁数了，应该画如其人，画随其心，就有么说么吧！

2016 - 2 - 26

不是理由的理由

　　有一回去于希宁老师家有什么事，应该是"文革"后期，那时于老还没"出来"，住在"东八排"的平房里。记得他家里挂着一幅吴作人的熊猫，闲聊中我问于老师画人物画应该学谁？"叶浅予"，于老不加思索地说，"叶浅予的造型、线条讲究。"我那时对这些名家知之甚少，但记住了叶浅予。

　　这次应银座美术馆之邀，"演绎经典"，我也不加思索地选择了叶浅予。"不加思索"，欠考虑，等于给自己挖了个坑，心甘情愿地往下跳，咋整？曾想着绕着走，避重就轻，"演绎"嘛！用叶浅老的构图造型，"穿越"成《韩熙载夜宴图》中的歌舞伎，几度尝试，不是一回事，发现这个"坑"更大。无奈，只好老老实实，硬着头皮比照着叶老"临摹"一遍，本来是想着尽可能地从点线面、黑白灰、干湿浓淡等笔墨的形式美感中得抽象元素，加以"演绎"，也没弄好。

　　没办法，就是"临摹"，也得给自己找条出路吧！

　　出路一，走"表现"的路。所谓"表现"，就是不以叶老的客观物象为主，而是注重笔墨与纸的运行中的"快感"和情绪的发挥，更加强调作者的主观感受，从而在人物的塑造中更加随性，更自由，更主观，也适当地运用了一点笔墨

叶浅予《唐宫乐舞》 现藏银座美术馆　　　　　　岳海波《唐宫乐舞》

的形式美感，我觉得这样会更顺手一些。

　　出路二，斗胆地对叶老的画面进行几何形的切割，好像显得有点"现代感"，算是加上了时代的"元素"，毕竟地球又围着太阳公转了二三十圈。

　　说是"出路"，其实就是给自己的辩解找个理由。

　　感谢银座美术馆，给了我一个"命题创作"的机会，也是向大师学习的机会。叶浅予先生的质朴、自然、行云流水般的掌握能力是学不来的，所以只能避重就轻，所以只能找些不是理由的理由。

戏说文博

　　梁文博，与我是同学、同事，厮守了近30年。文博整天一副大任于斯的样子，是一个苍茫大地、不知谁主沉浮的主，一点自卑感都没有，也难怪，"庸者不狂，狂者不庸"！

　　他总是自命不凡。那年张艺谋到山东挑《老井》演员，不知怎么盯上了文博，尾随至宿舍，拿出剧本让文博先看，

准备让文博演《老井》中的"亮公子"旺才。文博读了剧本颇为心动，但又觉得旺才太窝囊，就对张艺谋说："我大小也是个著名画家，你以后得让我演个'高大全'的正面形象。"老谋子说没问题。文博第一个把这个消息告诉了我，那是个冬天的晚上。文博很自信，自信到没做什么准备，就到西安电影制片厂去试镜头。灯光一打，有点傻眼，以后的表演可想而知。好在好酒好菜招待，看了几天内部电影，打道回府，算是没白忙活。后来《老井》在日本获大奖，文博有点后悔："早知道该去演《老井》。"好像不是张艺谋没选上他，而是他没选上张艺谋，忒自我感觉良好。不过，这份自信确实在绘画方面给文博带来实惠。文博有一双特善于在生活中发现美的慧眼，他坚持走一条反映生活美感的创作道路，在创作的形式上又一直采用工笔的方法，不断发展，不断完善，向着他认定的方向一步一步地走。歌德说过："最大的艺术本领在于懂得限制自己的范围，不旁驰博骛。"限定自己的艺术范围，要有充分自信的心理素质，尤其在这艺术多元、歧路亡羊的年代。我有时对学生讲，昆虫的成长形式有两种：一种是完全蜕变，像卵变成虫，又变成蛹，最后变成美丽的蝴蝶；另一种是不完全蜕变，一个卵变成小蚂蚱，蜕皮变成中蚂蚱，再蜕皮变成会飞的大蚂蚱。有人学画也是这样。我就是第一种形式，一会儿画连环画，一会儿画写意画，一会儿画历史题材，一会儿画现代，瞎折腾，可惜没变成大蝴蝶。梁老师的成长是从小蚂蚱到大蚂蚱的过程。那一个个获奖证书就是他一蹦一蹦留下的印记。文博认为自己的方法是最好的方法，他相信他会飞起来。

　　其实他已经飞起来了。他不仅有双慧眼，还有双勤奋的手。文博的刻苦有口皆碑，圈里传着这样一个故事：前几年住房紧，文博终日在教研室画画，回家很晚，夫人就有些微词。有一天，文博又画至半夜才回到家中，心中不免愧疚，想悄然躺下，没承想惊醒了夫人，夫人愠色地问了句："几点了？"文博心虚，不免有些紧张："一……一……点了。"说来也寸，这时他家那木钟"当、当、当"敲了三下。文博自觉失口，只好圆场："你……你看今天这木钟也口吃起来。"此乃笑谈，姑妄言之，姑妄听之。"用志不分，乃凝于神"，文博痴情于绘画，有件事是我亲眼所见。那年我俩一起到商河一朋友家画画，院中一株葡萄很好看，可惜天色已晚，无法描摹，只得返回济南。第二天晚上，文博给我看他画的葡萄，我心里一惊，"你什么时候去的？""今天一早"。我暗道，"真有个贼体力"。文博这几年积累的创作素材厚厚一大摞，光影集就不下五六十本。他那略秃顶的大脑门子里全是一个又一个的构思。"怨不得你净掉头发"，这是我忌妒的恶意中伤。骂归骂，不服不行。每个人都有属于自己的生命历程，都有自己的选择。文博嘴不利落，但却心直口快。为一个艺术观点，他常会引经据典、挥斥方道，与人争得面红耳赤，甚至伤了朋友和气，艺术在他心中是神圣不可侵犯的。文博的憨直，使他少走了弯路，少了虚伪的遮挡和圆滑的周旋，而直接奔向艺术的本源——美的馈赠。他最烦假大空的作品，更不屑与那些为获奖揣摩评委心理乃至赶政治时髦的画家为伍。他主张："在生命的原汤里多泡一会儿，这样画出东西，才能有点纯正的原味儿。"80年代，文博的足迹踏遍沂蒙的山山水水。他与沂蒙山之间有一根割不断的情感脐带，这不仅因为那是他小孩姥姥家，更是维系他精神生命的依据。在那些寻常巷陌，小桥流水，山川人物的平凡生活中，他能够捕捉具有概括性的美和充满诗意的瞬间。因此，他的作品不管是《熏风》中踏歌而归的渔妇，还是《沂蒙小调》中推着小车驮着老婆孩子迎面走来的壮汉；不管是《远去的风帆》中脉脉含情的姑娘，还是《家园》中田园风光里的山民或者《秋深》中林中放牛的孕妇，这些感人的形象，无不是文博在大山中捕捉的"猎物"。看到了老同学的作品，我真想就着那诗情画意按图索骥，去寻觅那隐于山中的女人，可我又怕不具文博的慧眼。

　　文博率直却不失情感的细腻，且看他90年代的家庭系列《红地毯》组画，夫人、孩子、白猫及爱屋、藤椅、茶几和花草的深入刻画，那红红的调子正暖洋洋地衬托出安详而温和的家庭气氛。《晨妆》《酸草莓》《有猫的人家》等作品中无不透露出文博对家人、对亲情的体味。我感到文博是幸福的，文博的幸福来源于自身情感的细腻，来自于对生活深切的体味。而情感的细腻又带来技法的深入，"非深入刻画无以表达情感深切的体察"。从艺术规律上说，艺术生产，不仅需要创造性的思维，还需要熟练的技巧和精湛的工艺手段。文博好喋喋不休地讲绘画不仅要有好的构思，还要有好的技巧和精细的制作。也难怪当了一辈子"教头"，自然有了好为人师的资本。他反复强调"难度系数"，是的，艺术都有难度。"煮豆燃豆萁"，大白话一样，为何千古流芳？七步之内做出，"七步"是难度。没难度就没艺术。从文博"第八届全国美展"的《秋漫沙坡头》到"第九届全国美展"的《阳光》，都是经年累月的鸿篇巨制。画中人物和景物的深入刻画，无不透露出"熟练的技巧和精湛的工艺手段"。文博身体力行，立竿见影，用自己的画为自己的主张做了最好的诠释。

　　文博很知足，他常说感谢上苍在芸芸众生中，把绘画这支笔扔到了他的手里。文博的生活，就是一门心思画画，没有业余爱好，这几年除酒量略长，就是补了跟着卡拉OK唱酸曲这一课，其他没见长进。长进的是飞起来的事业，不信你看他的作品。

1997年发于《济南时报》

大道上的行者

刘光，好啊，聪明绝顶，"长着一脸黑头发"，浓眉豹眼厚嘴唇，一挂侠胆义肠，常着一传统对襟麻布褂，脚蹬薄底布鞋。"路见不平一声吼啊，该出手时就出手啊，风风火火闯九州啊……"好似水泊梁山中走出来的替天行道的汉子。

据说某日，刘光晚归，数辆出租车司机见其貌，皆不敢停，好歹拦下一辆，刘光上车坐于后排，司机一边开车一边不停地从车内后视镜中窥其貌，心颇忐忑："老师，您下车吧！我今晚有事要早回去。"刘光心有所察："别怕，我又不是坏人。""我一看就知道你不是坏人，我真有事，这段路算我白送你还不行吗？"刘光无奈下车："明明是李逵，非拿我当李鬼。"

"风格即人"嘛，刘光的风貌和豪迈的性情，自然体现在他的书画之中，那字写得笔浓墨黑，"长着一脸好头发"。那毛笔明明柔弱无骨，在他手中却如枪似戟，挥洒自如，力透纸背。前几日，日本山口县与山东结为友好省市多少周年纪念，约刘光和我为日本友人作画相赠。时间很紧，我画人物又慢，加之人围得又多，急得我头上冒汗。刘光露出他的侠义，"别急，我来救你。"言罢，扯过一张大纸，吟就一首唐诗，便从下向上，从右向左，倒书起来。那手翻云覆雨，如逆水之鱼，溯流而上，笔笔生花，字字珠玑，日本人唏嘘不已，叹为观止，围将上来。我方一官员显其能，对翻译说："告诉刘光日本友人的名字。"刘光先生事先并不知道，却也能倒着写出，真神奇。殊不知，凡中国字，刘光皆可倒着写出。翻译问缘何倒书？光曰："字须熟后生，画须生外熟。"这可能是明代画家董其昌的话，不知翻译能否理解？

刘光的字博大雄浑，有速度，有力度，有张力，写起来荡气回肠，浑身通畅（只有真正进入状态的人，才能写得"浑身通畅"），透着"风风火火闯九州"的劲头。"关北多雄气，山东多豪气"。刘光出生在梁山好汉的聚集地——鲁西南，我觉得那地方的人最具山东大汉的特性。当地乡风自然会渗透在刘光的书法之中。刘光的作品有股豪气、猛气，透着阳刚之美，带着正大气象，非此人不得写此书。回想一下，历代书法大家哪个不是沿着正大的道路发展起来的？！

刘光聪明，要不能"绝顶"吗？他记忆力极强（据说人的智力主要体现在记忆力上），又有极好的文学功底，一不留神就"溜达"出文言文来。就是在文化人扎堆的地方，刘光依然享有"八大骚"乃至"八大骚之首"的美誉，肚子里没点诗文还真承受不了。刘光灵透，学什么什么行。据说上中学时，从开始学打乒乓球到参加学校比赛两个月，居然拿了冠军。"别拿村长不当干部"，中学的冠军也是冠军。刘光学开车，上午训练，下午上路。悟性好，爹妈给的，没办法。忌妒也没用。

不论是刘光的画还是刘光的书，都是大气势，大气派，是大道上的艺术，他绝不以小巧邪怪歪丑取悦于人。"仰天

大笑出门去"，咱是谁啊！就像《水浒传》中的好汉一般，
"替天行道"，多大的气派！多么的豪迈！刘光——大道上
的行者，迈着豪迈的步伐，前进！前进！前进！进！

2002 - 11 - 29

卢冰画正在写生的刘光　2002年

大风起兮

冲上一杯清茶，点上一支香烟，就着袅袅的烟雾，张宜带着他的往事悄悄走来……

十多年前了，我去诸城一中，为准备参加美术高考的学生上课。有天晚上去看露天电影，风很大，刮得银幕乱晃，就回宿舍伴着大风听流行歌曲，"我家住在黄土高坡，大风从坡上刮过……"那时正兴"西北风"。挺晚了，进来了一个瘦瘦的学生，操着潍坊口音，夹着一卷国画让我指导。我吃一惊，画得不错！更让我吃惊的是，别的学生忙于应试，正在素描、速写的铅笔线条中，塑造美术院校的梦想，这个学生居然有余暇用毛笔摆弄水墨。细聊中方知，当年郑板桥在潍县留下书画遗风，当地出了许多书画名家，张宜的远亲近邻中就有知名度极高的大画家。张宜受其影响，亦想以此光耀门楣。于是我鼓动张宜报考山东艺术学院的国画专业。后来，我病了，张宜千里迢迢带着作品去医院让我指导，再后来张宜以优异成绩进入山艺国画专业。在学校里，张宜正直、豪迈热情的性格得到舒展；大学的学术氛围，使张宜不断地变换着姿势在艺术的海洋里遨游。再再后来，张宜"游"到了报社这个大课堂，又以全新的姿势迎接新的课题。在完成这些课题中，他经历了情感的打造，生活的磨砺。在长期与"剑客"于承惠先生的求教中，受益良多，不时流露出路见不平拔刀相助的侠义之气。张宜在不断成熟中，常伴有一种失落，就是他心中剪不断、理还乱的绘画情结。唉，"抽刀断水水更流"啊。那日遇到一同学，在推杯换盏之中，同学说，当年我收集了你的一张画，以你的才华，日后定成大器，我等着那画升值呢，你却不画了。此话对张宜刺激颇大。"拔剑四顾心茫然"，总觉得有劲没处使。直到有一年，张宜去南部山区佛教圣地，出了车祸，昏死过去。冥冥之中，似有神明指点，醒来之后，反复自省："觉醒吧！假如你还有艺术良知。不要再沉迷于舒适的生活，不要再满足于物欲。它不属于你，它只是平庸贪婪之辈的温床。记住贝多芬的话：'公爵多的是，而贝多芬只有一个。'"（摘自张宜笔记）他用毛笔重重写下四字，悬于室中——独善吾身。

　　于是再做冯父，重操旧业。开始的感觉像是半夜里从暖和的被窝里爬出来，到冰天雪地里去接站。他探索研究，痛苦挣扎，经常去恩师张志民处讨教。经过一段艰难的调整，逐渐找到了感觉。情感打造了艺术之剑，生活磨砺了剑之双刃，平时的压抑与郁闷，终于在笔墨的渲染中得以挥发。白天是温文尔雅的孙子，晚上是雄性大发的大爷，一支毛笔拿得手来，如枪似戟，好似于承惠老师的手中之剑，挥洒自如。他——终于找到了一种风格，一种豪放雄浑的风格。唯有如此方能平抚心中的躁动。至此，张宜一回到自己的陋室，常常激情昂扬，不吐不快，也只有在自己画室里他才能找到鱼跃于渊、鸢飞于天的感觉。

　　"十年磨一剑，双刃未曾识"，是扬眉剑出鞘的时候了。张宜的部分作品相继面世，就获得首肯。省美协主席杨松林认为张宜的作品大气、全面，具备绘制更有影响力、更有力度、更有精神内涵的大型作品的潜力。山东艺术学院院长张志民也说：张宜路子很纯正，才气毕露，应该大胆地坚持下去。山东艺术学院教授张洪祥评价：张宜作品苍劲、老辣、奔放洒脱，完全是真情流露。字与画都跟心境结合，画面响亮大气，个性尽显。师长的鼓励给了张宜信心，信心带来胆魄。一旦情绪调动起来，就愈发不可收拾。

张宜的作品，有一股气势，有一股力量，有一种张力的美。其实力量本身就是一种美，向往力量是生命的本能。动物界是一种弱肉强食的生态规律，"弱肉强食"不仅表现在异类的残杀，还表现在同类中雄性对雌性的占有，只有那些强壮的、有力量的，才拥有对雌性的交配权，这样保证了物种的健康延续。弱肉强食靠的是力量，是力量支配了物种的进化，"进化论"其实就是强者论。只有强壮的，才能在"物竞天择，适者生存"中发展起来。人类在洪荒时代也是如此，只有强大的才能"妻妾成群，人丁兴旺"。所以人们对力量有种天然的崇拜，在中国文化中，一直就有"婉约派"和"豪放派"两种审美观。以儒释道为代表的学派，强调做人做事要像水那样，柔弱不争，能方能圆，滴水穿石，以柔克刚，他们更欣赏阴柔的美。而汉、唐、宋强盛时期则出现了许多大气磅礴的作品。"大江东去，浪淘尽，千古风流人物"，"前不见古人，后不见来者，念天地之悠悠，独怆然而涕下"。让我们从中领略到阳刚的力度美。"力度"原指音乐中音响的强度，强、再强、更强。艺术作品中的力度，是震撼人心的力量。在颜真卿的书法中，我们看出力度的美。在潘天寿的苍鹰中我们感到霸悍的美。在张宜书法点画的抑扬顿挫之中，有种张力，有种"一味霸悍"的力度，就是强、再强、更强，让我们似乎感到贝多芬的"命运在敲门"——震撼着人的心脏。在他画的松石梅竹中，注重画面大的框架，强调纵横对比，穿插运用，横的直线，稳健坚实；竖的直线，伟岸昂扬。在挥洒自如的横涂竖抹之间，有股浩然正气的力度，有一剑封喉的快感。

张宜的作品，有气势，有力量，有扑面而来的震撼力。山东画坛的风格，近几年走向精致与完美，缺少山东大汉的粗犷与豪放，缺少"一览众山小"的气概。四川球迷一句"雄起"的口号，表达了在竞技体育中对力量的呼唤。借着张宜的"雄起"之气，我也壮着胆子喊一嗓子——"大风起兮云飞扬"，山东画坛需要力量。

2001

英雄的儿女

要是觉得《英雄儿女》有点大，咱就叫《英雄的儿女》。你要觉得还那个，那么英雄创造历史或英雄和人民共同创造历史，从某种意义上说，人民等同英雄，那么就叫《人民英雄的儿女》。

因为电影《英雄儿女》中有个王成，让我想起云门张岩。张岩是我的研究生张凝的哥哥、张志民院长的研究生，他们家住南外环，交通不方便，所以张凝到我处，常由张岩开摩托车带来。张岩画山水，他跟我说他要坚守传统。我说：熊猫、京剧、中医，不是国宝就是国粹，不是物质遗产就是非物质遗产，之所以要保护，就是它们生长的自然非自然环境正在日益消失，保护只是免遭灭门九族。无论如何，大熊猫不会像老鼠，多到过街时人人喊打。国画，尤其是传统国画有点像咱们的"国宝"。

张岩说他对博大精深的传统技法心仪久矣。我说，最近学校里分了一套房，老婆问我该如何整修，"肯定得有传统的风格"，因为咱毕竟是搞国画的"肯定是时尚的"，八仙桌、太师椅毕竟太迂腐，"时尚的"才能与现代建筑、现代社会相吻合。"传统的敦厚加时尚的简洁"，这是我装修的选择，也是我画画的选择。张岩说："西方的、时尚的离我

的认知、我的生活太远，时尚的不会长久，我想花几年的时间在传统里往深处走一走。"我一看小伙子很坚定，说不动他，只好顺坡下驴，你不想"出名要早"也好，"国宝"要有人去保护，你只是选择了一条艰辛的道路。

就在此时我想起了电影《英雄儿女》的王成，在硝烟弥漫的战场上，独自坚守着阵地，在敌众我寡的情况下一手握着爆破筒，一手拿着步话机，高喊："向我开炮！向我开炮！"最后抱着唯一的爆破筒冲向吓得龇牙咧嘴的敌人……看官可能会问，阵地守住了吗？不知道，但他完成了任务——可能，至少他尽到了责任。王成——是英雄，张岩——当然不是英雄，但是他有王成的精神，希望他能坚守住阵地。"我在阵地在"，传统的阵地，真的要有这样的英雄去坚守，我们不能没有大熊猫。

"好为人师"是本教授的特色，在学生面前总得"墨索里尼总是有理"。我循循善诱道：有个智者，手里有一件宝物，很好的宝物，智者对三个一心想得到此宝物的年轻人说：看你们谁跑得最远，宝物就归谁——前提是必须在太阳落山前跑回来。智者说完，三个年轻人一阵沉默……其实这个宝物挺难得到，你要知道自己跑多远，还要知道自己能不

能跑回来……"我知道，"张岩反应很快，"我不会永远沉在传统里去画古画，我会用传统的技法表现现代的山水，就像李可染说的，用最大的勇气打进去，然后用最大的勇气打出来。"

这就是张岩给我的印象。

文章写到此处打住正好，不过我的责任还没有尽到，我要再坚守一回阵地。

《英雄儿女》中王成有个妹妹叫王芳，唱歌、搞艺术的吧。她没有哥哥那么英雄，比较平凡。张岩的妹妹张凝也比较平凡，山师大美术系毕业后，去浙江美院进修二年后考研，成了我的研究生，现在经济学院教书。张凝貌似平凡，但张凝确有不同于常人的地方，善良、正直、单纯，单纯到有点简单，简单到有点不能与时俱进。她哥哥说，"张凝是搞艺术的。"我说："那你是干吗的？""我是画画的。"张凝搞艺术很情绪化，很随性，很大胆，很出格，很不拘法，很不随俗流。她的画也是非常、十分平凡，但笔笔画画都是自己真情实感的流露，像一个简单的孩子的随性表达。张凝有幅画叫《审美疲劳》，参加了中国美协举办的"纪念蒋兆和先生诞辰多少周年全国美展"，画家李兆虬先生去北京看了这个展览，回来对我说："好啊！张凝那张画在里面算好的。"兆虬很真诚不会说假话。

王芳的故事告诉我们，平凡也能成为"英雄儿女"。当然画家云门子应该为这双儿女感到骄傲。看官，你要不同意，这个题目请起别的名，我也没意见。谢谢！

永生难忘

　　永生，啊哈。"老人了"。我是打小看着永生长大的，当然他也看着我长大了。当年我们住一个院，学画的一拨人呢，永生，李勇，我和我弟，尹毅，尹毅弟。尹毅弟还跟我学了一段画呢，现在是国务院的一个司长了。你看人家。永生那时老实，"老实"在那个年代绝对是个好词，绝对的！只有老实孩子才学画呢。

　　永生老实但很灵，唱歌跳舞打球……你说什么球吧？都会。现在人们都忙着学车考本，人家永生差不多三十年前就开车，玩腻了，扔下车，咱还拿着当宝贝。聪明人不用教，学么像么，永生的智商决定了想画差了都不容易。永生这几年是一步一个台阶地往上上，按李勇的话说"步子不大天天走，成绩不多年年有"，什么人也架不住"天天年年"！

　　永生的天天走年年有，也不光凭着他的聪明，还有他的勤奋。谁都明白，"苦中苦，人上人"，"宝剑，梅花，苦寒来"之类。关键是控制不住自己。舒服就是不吃苦。可永生能吃苦，他现在的身体就是明证。前一段永生稍胖，其实并不胖，就是壮。我们逗他：身高168，体重168，裤长三尺，裤围三尺。永生开始减肥，其实不肥。可能是嫌英俊的还不够。半年不到减了近四十斤。他们算过，每天能减三两啊。搁在过去，三两肉包顿饺子，够全家米西米西的，半年的饺子糟践了。罪过啊，"贪污和浪费都是极大的犯罪"。所谓减肥，就是吃苦，就是毅力，就是自制力。这个劲头用在画画上能不"天天走，年年有"吗。

有一年，著名作家王延辉先生为永生写文章，找我了解情况，我说："永生有很好的

一度的永生——这词有些矛盾但没错
刘胜军画于2001年

体力，每天晚上照着仕女使劲，那是他的日课。"没想到王作家就这么写了，还就这么登在报纸上。几天后报社编辑见我说，你那话说得有点那个，可又不知怎么给你改。此虽为戏言，但永生的用功是出了名的。还得用那句话："宝剑锋从磨砺出，梅花香自苦寒来！"。虽说永生现在还不能说是"人上人"，但至少是"翻身农奴把歌唱"。

和永生是好朋友，厮守三十多年了。噢，到目前为止，我和永生还是省青年美术家协会的副主席呢，等着在青年美协里设置个老干部科，也好和永生永生相伴。"等到秋风起，秋叶落成堆，能陪你一起枯萎也无悔"。

05 - 7 - 10 / 于北京

非常非常非常好

——评刘胜军绘《魏启后先生像》

非常非常非常好。

胜军兄画的《魏启后先生像》，在微信上登出来之后，好评如潮，就好像这两天的雨水一样，虽时大时小，却持续不断，稀里哗啦；也像今天这大暑的天气，持续不断的升温。是可忍，"暑"不可忍，令人忌妒啊。

胜军说恁话，什么"魏老是座大山，我只不过是个小坷垃"，谁信啊，谁见过这样的坷垃，说得有鼻子有眼的。坷垃有鼻子有眼吗？不过有句话他说的倒也实在，"家里人不用赞，谁还不知道谁？"（还是疑问句）我冒着再次遭遇疑问的风险，还是点了"非常非常非常好！！！"人家说重要的事说三遍，我倒不是调侃，我真是从心里觉得好。

好之一，格调。意笔人物有传统一路，徐蒋一路，新文人一路，新水墨一路，等等等等。其实不在哪一路，在什么？（咱也弄个疑问句）在品格。组成品格的元素有多种，什么最重要？（再来一个疑问句）纯粹？什么是纯粹？（疑问句太多，弄个十万个为什么）还真得想一会。想了一会也没想明白，提几个关键词吧，单纯、简单、朴素、直接、少、单一……不一定准哈，就那意思，它的反义词是复杂、啰唆、添加、多、丰富……总之我觉得（只是我觉得）纯粹是品格或者是格调的重要元素，而格调又是作品首要因素。我看到胜军的魏老图，脑子最先闪出的就是这两个字——格调——看官不信可以试试（也可以用疑问句）。

好之二，用形神兼备来形容，显得有点那个。词是好词，用得多了。谁不形神兼备？（哈，咋又弄成疑问句了）咱就说胜军兄这件作品的形吧，行吧？（又一个）说得高一点"如春云浮空"，说低一点"似流水行地"，说通俗一点，那叫一个舒服，自然流畅，一气呵成，一点废话

《魏启后先生像》 刘胜军 作

都没有。尤其是那个脸，有人说画人难画手。扯！画人难画"首"，首脑的首。我最打怵画首，胜军画个魏老的面部真是好。用墨不多，有张有弛，松紧得当，真好。又以白色衣服相衬，使得首、手更加突出。

好之三，可能是因为魏老是大书法家的事，胜军兄这片字，看得出格外用心。记得那年齐香斋搞了一个魏老的展览，约书画家创作点作品一起展出。我琢磨半天，画了只大鸟。"魏老写字好，天下谁不晓。斗胆画只鸟，叫人咋比较"。心虚呀。胜军兄就是兄，这几年没少练字，画室里挂了不少书法，"养兵千日，用兵一时"，用上了。"功夫不负有心人"，真有功夫，我觉得进步很大。配在魏老的像旁，确实相得益彰。

好之四，……以下省略若干若干若干字，相信群众的眼睛是雪亮的，让大家来填写吧。

好了，为刘胜军点赞、鼓掌，呱唧呱唧，还是那句话——非常非常非常好。

于丙申大暑

岳海波《李清照》

他在丛中画画子

——由兆虬画魏老像想到的

　　前两天写了李勇，李猛爷。又来一个李猛爷，兆虬。兆虬在圈里绝对是猛爷，摊上兆虬是我一生中的幸事，我在很多地方从兆虬那里学到很多东西，良师益友级的。第一次和兆虬一起创作时，其实彼此并不是很熟悉，我印象里也就见过两三次，所以找"搭档"也和找媳妇一样，得碰，碰运气。一晃二十个年头了。"一日夫妻百日恩"，何况日久生情？许多人问你俩为什么能合作这么久，相互欣赏是重要的原因。那年，兆虬媳妇问兆虬，你整天岳海波、岳海波的，岳海波是个什么人？兆虬思索了一会，"一个出身于贵族的农民"。算是提出关键词了吧。"一个出身于农民的贵族"，是我对兆虬提出的关键词。真的，从精神层面上说，兆虬不输任何人，起码在圈里——尽管他经常盲目谦虚。

　　我说兆虬一生只做两件事，一是画画，二是准备画画。兆虬读书，和毛主席一样，书罗了半床。兆虬锻炼身体，每天四点半起床，这一切都是为了更好地画画。兆虬有很明确的艺术观和生活价值观，他觉得这世界上很多很多事都和画画无关，也就和他无关。他就一门心思画画。有一年大年初一的上午，我去找他，事先我都没给他打电话，径直去了画

《承先哲启后学》　李兆虬 作

室，一敲门，高密口音"谁啊？"果然在。按照李勇"举头望明月，低头带孩子……洛阳亲友如相问，就说我在带孩子"的套路来套兆虬，那就是：爆竹声中一岁除，大年初一画画子。莫放春秋佳日过，最难屋里画画子。赤日炎炎似火烧，光着膀子画画子。数九寒天飘大雪，裹着棉猴画画子。待到山花烂漫时，他在丛中画画子。江山如此多娇，引无数画家画画子……因此，如何让画画得好一些，对兆虬来说是"悠悠万事，唯此为大"的大事。

有一阵圈里有感于兆虬的进步，流传一句话，"三天不进修，赶不上李兆虬"。他和那个李猛爷一样，是属于用西方的艺术观念对中国画进行梳理后，以期对传统的绘画拓展更大发展空间的那个体系中的一员，重要的一员。也是"在主干上添枝加叶"的那种。他收集了很多资料，攒了很多想法，去一个个实施。就像这张《承先哲启后学》魏老像（这名起得，学问！），就画得非同寻常，是"以期对传统的绘画拓展更大发展空间"的探索。传统的方法很少画这么大的头像，尤其是意笔人物画（可以说没有）。兆虬不用勾线渲染的方法，借了西方的塑造形式，运用块面，明暗，却以表现主义的笔触，体现中国的写意。所谓写意的写，其实就是笔触的表现。兆虬对笔触的研究、运用超乎常人，头像中哪怕是细微之处，也毫不犹豫地用"笔触"去"表现"。他对大形和黑白灰的把握驾轻就熟，具有强烈的视觉冲击力（展览时千万别让自己的画和他的画放一起，很容易被"吃"掉。切记，切记）。至于魏老像精神内涵方面，魏老的公子有很高的评价，不再赘述。

期待虬公"待到山花烂漫时"，他在丛中画出更多的画子。

2016 - 8 - 2 / 于伦敦数个商店男士休息处

千佛山打油

从我家门口到千佛山门口，也就六七十米吧。千佛山对市民来说是公园，对我来说是俺家的后花园，说句不好听的，当年家里人多，早晨起来如厕我都到千佛山，顺便把身体也锻炼了。想当年我搬到千佛山宿舍时，济南市博物馆还未迁来，那时的这个地方是千佛山坡的一片长不高的矮松林。我一生中随着父亲的"起起落落"，搬了大大小小二十多次家，可在此住了快三十年了，最近要搬走了，不禁生些感慨，"料得年年肠断处，明月夜，短松岗"。

我的工作室在千佛山正门，我住千佛山西门，每天经千佛山去工作室。人家说"常去的地方没风景"，我天天登山，看花开花落，春去秋来，就一直没看够。幽静的山林，适宜思考，时间久了就攒了些打油诗，拿出来晒晒，见笑了。

楼前一条小路，也就几个百步。
平时默默无闻，细想吓死个人。
路南千佛山后，绵绵群山如骤。
贯通泰山山脉，沂蒙还在其后。
路北虽有"九点"，也就那么一点。
黄河一泻千里，全是华北平原。

　　"九点"为济南景观"齐烟九点"，指散落在济南的九个小山岭。我家楼前的这条小路，勉强能错开对面的车，从市博物馆到老省博物馆，紧贴千佛山北沿，没想到竟是山东鲁南山区和华北平原的分界处。

2012 - 9

　　人生最缺啥，分秒不能差。
　　山窗一打开，爽风吸起来。

　　在济南市，我这个地方就算空气最好的了。

2012 - 10

　　高楼开门见山，春光温暖耀眼。
　　伸出窗外吸烟，真真赛过神仙。

2013 - 4

今晨小雨，往千佛山，确有"绿肥红瘦"之感。

不知风疏雨骤，昨夜电视太久。
试问俺老婆，却道温度依旧。
知否，知否，应该衣服加厚。

2013 - 4

乌云遮山胡乱飘，心如飞鸟振翅高。
似有情思胸中出，搜肠刮肚尿一泡。

这是一首比较写实的打油诗，确有"书到用时方恨少"的感觉，正好当天"神舟十号"上天，同在一个太空下，差距咋这么大呢？

2013 - 6 - 11

雨来雾遮山，恍如在云端。
万物皆混沌，忘忧赛神仙。

2013 - 7

千佛山上一片梅林，今年天暖，有时都不用穿棉衣，春节之前，花都开了。

三九腊月寒啊，那是解放前呀。
路有冻死骨啊，也有几百年呀。
腊梅花千树啊，今冬不穿棉呀。
莫恐地球暖啊，俺还少花钱呀。

2014 - 2

年三十傍晚，家人都在包饺子，我也帮不上忙，经千佛山公园去工作室赶画，寂寥无人有感。

外面闹成团，烟花蹿满天。
空山人迹灭，独行自在闲。

2014 - 2 - 30

五月槐花白如霜，山坡弥漫透天香。
树下抽烟晒太阳，熏得心里直发痒。

2014 - 4

迎春一夜黄，春到佛山旁。
漫坡泛青绿，一人闲得慌。

2014 - 4

十五月亮十六圆，我想你时非常难。
云彩遮住半个脸，哪是鼻子哪是眼。

2014 - 9

今年国庆节与重阳节相汇，千佛山一日游客竟达十四万众，创游园奇迹。

重阳千佛山会，山上人声鼎沸，
吵得卧佛难睡，"躺着中枪"何罪？

雾来千佛山，飘飘真欲仙。
神仙一睁眼，啥都看不见。

日照半残红，不与四时同。
美景只一瞬，转眼变黑屏。

今晚在千佛山野餐赏月，打油一首：

十五月亮十六圆，可惜云遮月不全。
朋友相聚图一乐，管它月缺与月圆。

又到清明，春暖花开，当年每到此时经常会陪母亲到千佛山和植物园看花，睹物思人，打油两首：

植物园里花儿灿，当年与母携手看。
又是花开千万朵，孩儿一人独自站。
清明时节阳光绚，路上行人花枝伴。
采朵桃花放坟前，老妈说俺看不见。

2012 清明

"我的父亲母亲"

新年献词

——送美术系同学

啊——东方红太阳升

彩虹祥云挂在天空（张洪祥）

在晨曦的晓晖里（王晓晖、李晓辉）

我们迎来了一个黎明又一个黎明（王黎明、顾黎明）

啊——秋池里，清泉边（李秋池、池清泉）

感谢秋光霞满天（谢秋）

登上高处望秋红（王秋红）

同学们往上冲

啊——加把劲向前走

到处都是大石头（张大石头）

世上没有平坦路（张有平）

沿平坦的路怎能攀上山尽头（阎平）

山上请客高宴君（高延军）

浪里划船越海波（岳海波）

同学们别愣着

啊——同学们要努力

千万轻易别泄气（杨庆义）

光怨客观没出息

学习好像嗑瓜子

往外嗑的都是皮

往里嗑才是仁（王力克）

试问博学的先生（梁文博）

如何大步奔向前

啊——同学们正少年

临春的梨花（马麟春、张丽华）

是您一张张纯洁的笑脸（张淳）

迎接新世纪

师生把手牵

大家同努力

万马齐鸣奔千年。（宋齐鸣）

——2001年美术系新年晚会朗诵词

要求观众能在朗读完后，说出诗中有几位老师，说中者，奖励小画一幅。还真有猜对的

新年寄语

一晃，仿佛就在一晃之间，春花秋月，夏风冬阳就过去了。年年说"年年花相似"，岁岁说"岁岁人不同"，就在这年年岁岁间，白驹过了隙，沧海变桑田，也就罢了，关键是沧海桑田都爬在了脸上。"人生就像蹲坑，有时已经很努力了，结果，只是一个屁"。这是谁说的，真不文明，不过话糙理不糙，有了那个结果又如何？遗臭万年的还少吗？当然"只是一个屁"的更多，那又咋地？芸芸众生，哪个不是这样过来的？应该知足，人生不在结果，而在于"很努力"过程中点点滴滴的收获，和在收获中的点点滴滴的快乐，不是吗？我希望在新的一年里，用那沧桑的脸去感受春花秋月，夏风冬阳，去播种"努力"，去收割"快乐"。让我们一起好吗？点赞鼓掌，呱唧呱唧。

2016 - 12 - 25

打油打油

柴米油盐茶，肝胆胰脾胃。一副好心肠，半挂坏下水。

——2013 - 5 - 21 / 查体有感

终日闷在画前，看着白纸抽烟。人物如何出来，难产！

——2013 - 4 - 5

万花丛中过，片叶未沾身。
又见花飞去，不免心生恨。

——2013 - 5 - 29 / 送别毕业生有感

赤日炎炎似火烧，地面活物半枯焦。
行人心内如汤煮，进门立马开空调。

——2013 - 7 - 7 / 大热之日

去邹平验驾证，堵车一天，且老糊涂了，办证要明年到期。

豪性万丈去玩游，劈头遇上堵车流。
万般无奈啸一声，却道天凉好个……秋！

——2013 - 11 - 14

魏老书画品皆高，我在门前弄斧刀。
一斧劈开山一块，魏老无语走远了。

——2014 - 9 - 3／魏启后诞辰95周年画展岳海波画山石题诗

21日因丹毒住院打针，闲来无事，打油若干：

五彩云霞空中飘，天上飞来金丝鸟。
世俗生活挺美好，健康活着最重要。

住院也挺好，三个饱来无数个倒。
乱七八糟些事，拜拜吧您哪，俺住院了！

功名利禄她，浮云是神马。
柴米油盐茶，平淡才潇洒。

——2014 - 4

2014年秋，去太行山写生：

夕照娘子关，红红红半天。
你在红中过，神采红光闪。

雾来太行山，飘飘真欲仙。
神仙一睁眼，啥都看不见。

——2014 / 太行山

三九寒天去澳大利亚，却是那里最热的时候，感慨世界之大：

冰火两重天，确实在人间。
绕了一个圈，呵呵，地球分两边。

——2015

连日雾霾，终见天日，打油一下：

天蓝蓝，光灿灿，
一群鸽子天上窜，
这样的日子不多见。

——2015 - 12 - 6

一张白纸铺上墙，抓耳挠腮心里慌。

翻来覆去难下手，脑子空白纸一张。

———2016 - 1 - 10

少年一梦恋喜儿，几回依稀跳过来。
旧梦重温女不老，可怜少年已白毛。

———2016题画《白毛女》

每天半夜上床，郎君就在身旁。
她却不管不顾，抱着手机瞎忙。

有时河东狮吼，震得房梁都抖。
偶尔鸟语花香，就觉在外偷郎。
也算大家闺秀，如今围裙套袖。
天天围着锅转，狗屁大学教授。

父亲节，我让妻无聊时写打油诗，其言不会，我试着十分钟写就三首，可见压抑之久。

——2016 - 6 - 19

天上馅饼掉得巧，抬手接个大红包。
天生一副好身手，只会捡来不会抛。

——2016学会抢红包有感

飞机上打油一首：

蓝蓝的天真是蓝，白云似棉一团团。
我像鸟儿高空过，只怕一事叫"失联"。

——2015

打油一首：

爆竹无声岁亦除，夏风烈日皮肤酥。
千门万户彤彤日，大年三十穿夏服。

——南半球过春节有感

楼外青山松叠嶂，看得心里直发痒。
真想一头扎下去，跟着小鸟去飞翔。

——2015 / 写于画室窗前

雾来天已晓，只能闻啼鸟。
夜来风雨声，枣落知多少。

——2016 - 10 - 5 / 陕北米脂大雾

春去春会来，花谢花会开。
只是回首时，青春已不在。

——2012

烟台某小区外一条天然河改造的逛啍河，好多移植此处
的枣树，柿子树，垂柳，荷花类，竟然有野生水鸭，在都市
中不多见，可见自然环境之好。鱼和青蛙也很多，太好了，
可谓都市一奇葩。

蒲草芦苇绿柳荷，鱼戏野鸭翠鸟落。
此情不是古诗境，那是俺家逛啍河。

——2013 - 8 - 22 / 晨

济南五三惨案（局部） 李兆虬岳海波合作

出去走走

　　算是"陪太子读书"，我和夫人去了伦敦——女儿参加了一个驻地艺术家的活动，一个什么艺术机构，在好多个国家里选了21个青年画家，在一个什么大学里，由什么知名艺术家给予交流、探讨、辅导，大家一起创作，然后在一个什么知名画廊里做个展览。

　　我们没事，大部分时间都花在逛美术馆了，大英博物馆去了两次，泰特当代艺术馆去了一次。女儿原先读书的学校隔壁还有一个泰特馆，叫英国馆，以传统绘画为主，也去了两次，还有英国皇家美术学院（其实叫艺术学院，在英国，"艺术"就是美术的意思，音乐是音乐，戏剧是戏剧，艺术就是造型和美术）的美术馆，另外还有肖像馆，画廊之类。这一趟下来也没干别的，也干不了别的了。英国处处能感觉到那种"贵族"的讲究，透着往日没落的辉煌，随便一件不起眼的东西都带"包浆"。

　　又去了美国西部，加上伦敦，飞机跟着夕阳整个围着地球转了一圈。我们主要在加州和内华达州转悠，也是去博物馆、美术馆居多。要说时尚，老美居上；要说讲究，还是英国更讲究一些。美国的艺术更像他的社会，多民族，包容、开放，没有传统，也就没有那么多规矩，没那么些条条框框，作品里散发着实惠，便捷，大效果和商业的气息，作品"脑洞大开"，好像没有什么不能成为艺术的。很多画（或叫作品更合适）都充满了想象力和创造力。所以他们有波洛克，劳申伯格，安迪沃霍尔。英国是老牌帝国，有传统，有规矩，甚至是专门制定规矩的国度，像格林尼治时间，东西半球回归线的划分，体育规则的制定。据说百分之七八十的奥运项目的规则都是英国制定的，比如足球、乒乓球等等。他们的作品也是透着传统，透着讲究，透着规矩，透着理性，他们的国家美术馆传统的古典绘画作品，都上下三层摞着悬挂展出。所以西方传统绘画的最后一位大师弗洛伊德来

速写大英博物馆的非洲木雕

伦敦的交通是最好的，地铁叫管型通道，也是最古老的。车上人很少，我发了微信："三天不学习，赶不上某主席。眼有点花，还好每个字母都认识。"有人说拿反了，什么叫：倒背如流

自英国，尽管他已于2011年走了。他们还有一位世界级的大师大卫·霍克尼——尽管他不是传统绘画，但他起码是坚守相对写实绘画的大师（在西方可谓凤毛麟角了）。大卫·霍克尼，能干的小老头。这感觉哪儿有点黄永玉的味道，黄老头每天也工作十二个小时。

对了，这次在英国皇家美术学院看了大卫·霍克尼的一个人物写生画展，近百幅单人的人物写生，都是他生活中平凡的人物。同一个背景，同一把椅子，同一个色调，同一个角度，变化的是不同的人物，也许这样才能更容易彰显不同人物的个性。这种"死板"的刻画其难度可想而知，"巨匠

在美国倒时差，怕影响别人，躲在厕所糟践酒店的便笺。有友问：这是谁拍的？我想说这是一个秘密。当然也就是想想而已

都是在限制中发展的"（好像是一位西方大师说的）。"煮豆燃萁"是在七步之内的难度之中产生的，故而流传千古噢。在这一系列的人物写生，其中一张是画的静物，是因为那天模特没有来。大卫·霍尼克每天工作八小时，每个模特画三天。近百幅作品（是不是还有没展出的作品）是个什么概念，说不上是死板，还是讲究，一个七八十岁的老人了，令人肃然起敬，大师都是这么练出来的。

扯远了，正好赶上英国皇家美术学院的毕业展。有点像央美的实验艺术展，有传统写实绘画，但很少，大都是综合材料绘画和装置作品，充满了朝气蓬勃的不可遏止的创造力。我回国后也是马不停蹄地参加了几个画展，也看了几个

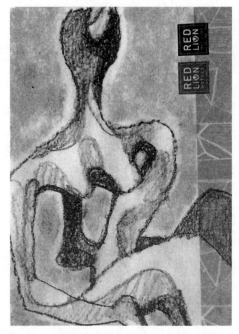

一早上把酒店的便笺全画了（也可能是一个下半夜）

画展。怎么说呢，画得都很好，高山流水，枝头小鸟，美丽的女人很古典。真的很好，甚至可以用"极致"来形容，但是会有一种同一个班的同学毕业展的感觉，总觉得想象力创造力没发挥出来，这是东西文化的差异吗？不好说，说不好，不说好。

世界很大，出去走走。东西文化，各有所长，相互交流，取长补短，是我这次"出去走走"的体会。

这次出去，随手画了一些速写，回国后又对着手机整理了一些，比过去有点提高的就是相对来说更随意更自由了一些，这是"出去走走"中，走出来的进步。

画说故事

——掀起你的盖头来

　　最早听说柬埔寨，是在20世纪70年代吧，毛主席曾有"得道多助，失道寡助"的声明，是声援西哈努克亲王的。有一年西哈努克到济南，提前两三个月就开始准备了。我那时上中学，整个暑假就只有暑没有假，三伏天，天天挥汗如雨地练夹道欢迎的红旗舞，大街小巷响彻云霄的都是"欢迎欢迎，热烈欢迎！"那是我一生中空前的一次舞，也是绝后的一次舞。自然记忆深刻，一晃四十多年过去，期间知道柬埔寨动荡，战乱不断，也知道了世界七大奇迹之一——吴哥窟，但从来我也没想过去柬埔寨（我是说过去），吴哥窟也只是一个谜。

斗转星移，从河东到河西。好了，春节前我随着一个艺术机构去了柬埔寨，先去了一个民族文化村，好像没有太大的感觉。第二天终于看到了心仪已久的吴哥窟、女王宫、巴戎寺……惊叹！震撼！震得心怦怦直跳，透着宗教的庄重、肃穆、神圣和神秘。尤其经过上千年岁月沧桑的侵蚀，斑斑驳驳，总感觉里面有一种说不清、道不明的神秘东西或力量存在。石质的建筑，成熟的造型，精致的雕刻，以及整个宗教仪式感的气氛的营造都堪称奇迹，世界奇迹！后来又去过柬埔寨的博物馆，依然惊叹震撼！时值夕阳西下，暮色苍茫，一派辉煌，透着一千年前吴哥王朝的强盛。

当时画了一点速写，晚上回到宾馆又对着手机拍的照片画了一些。我发现打动我的都是那些残缺的建筑和雕塑。想起去年在巴黎罗浮宫最打动我的也是那几个最为残缺的雕塑或浮雕。想起关良老先生的一句话：画画不要追求完美，在艺术创作中追求完美是一种毛病（大意）。想起上学时我的亲师李振才老先生告诫我们：什么是好的形？把一件雕塑从山上滚下来（不是摔下来），把那些边边角角都碰掉了，就是好形。我有时在想，把雕塑大卫用锤子砸几下，给维纳斯配个对儿如何？我每每走到舜耕山庄的牌坊前，我就有把它从舜耕山上推下来的冲动，再重新组合，肯定比现在好看。吴哥窟们被时间老人推了近千年，能不好吗！于是就按着这个"残缺"的思路，又画了一些"柬埔寨印象"，肯定有些"残缺"。

柬埔寨年轻人有规定都要出家一个时期，大街小巷不时

有他们僧侣的身影，给我留下深刻印象。今年是丙申猴年，又逢春节，看到很多的猴子，有的会向行人讨要吃的，很可爱，就画了下来。真正接触的柬埔寨当地人并不多，大体印象：单纯、善良、友好、知足、谦和，有时过于谦和，显得有那么一点不自信。

那日在王宫，我站在熙熙攘攘的游客之中，天上飞过一只白色的水禽，脑子里闪过一句诗："黄鹤一去不复返，白云千载空悠悠。"有点感慨，有点惋惜，有点遗憾，曾经的辉煌一去不复返了。这么好的东西，世界的经典，完了，没有传承，或者说没有很好地传承。柬埔寨是个小国家，比我们更早地受到外族、外域的侵略，民族的自信，民族文化的自信，在一次次沉重打击中消失殆尽，叫一个备受屈辱的人

如何自信?

今天我们强大了,我们要重拾中国梦想;我们要在与西方文化的融合、碰撞中坚守中国文化的优秀传统,恢复我们民族文化的自信。同样柬埔寨这些年也平安了,也应该重拾吴哥王朝的自信,也需要文化的或艺术的传承,当然这一切都需要经济基础。就柬埔寨目前的形势,那种宗教传统民族绘画的样式如不抓紧列入"非遗",不抓紧"抢救",确实是非常危险,问题相当严重。好在有济南华昱公司的聂总,早年援建柬埔寨多年,对柬埔寨留有很好的印象,对柬埔寨民族文化、民族绘画宠爱有加。这几年他带着这种情结,带着这种情怀,重返柬埔寨,把散落民间的优秀民族传统绘画收集收藏起来。据说画得最好的那个画家已是八十多岁高龄了,收藏他的作品,他既依依不舍,又感动得老泪纵横。最

近聂总在金边一块风景秀美之地建了一个美术馆——吴哥经典艺术馆，旨在收藏、整理、展出、推广柬埔寨的绘画，我觉得这是一件功德无量的善举。

来到柬埔寨，看到吴哥窟，完成了多年的夙愿，也掀开了世界七大奇迹之一在我心中的面纱，"掀起你的盖头来，让我看看你的脸"。掀起你的盖头是为了看清你的面目，看清你的面目是为了恢复你的面目，重现你的面目——这是我们的期待，也是世界的期待。加油！

农历丙申初八

西行杂记 ^(节选)

　　又一次去陕北米脂，姬岔乡，申杨崖。这是八年中的第五次，"青山依旧在，几度人不同"。山还是那山，人也还是那人，只是八年过去了，确实不同了。"青山"倒还是依旧，沿途几十公里没有什么变化，看得出来的变化是有了太阳能的路灯，来往的汽车多了。我们住的村子的小河上有了座小桥，能过汽车。过去我们过河要踩着河里凸突的石块，再扛着行李，晃晃悠悠，令人打怵。

　　第一次和党震老师带学生去申杨崖时，首都师大的刘进安老师也带了学生在那里。刘老师先返回北京了，分别时他把剩下的册页和纸留给了我。说实在的，那时我都没带画国画的工具。没办法用了学生的，开始了有生以来的第一次的水墨风景写生，也从那开始与陕北结缘，每每去看米脂"几度夕阳红"。

　　两个月前，党老师说，刘进安老师要去陕北，问我去吗？自然我是很期待。种种原因，刘老师先带学生去了，党老师次之，我又次之。刘老师站得高，看得远，在中西画PK中，试图以写意对写实，以平面对立体，以水墨对色彩，以单纯对复杂，以宣纸对画布等等，努力寻追一种能体现中国文化与中国精神的绘画。刘老师觉得在这方面水墨还有很大的发展空间。看了刘老师的一些写生，非常自由放松，挥洒自如，就像从心里自然而然的流淌出来，没有条条框框，或者说打破了条条框框，有种超凡脱俗的气息迎面而来。那天党震向维栋问道：你在刘老师那儿"访学"一年，学到了什么？维栋脱口而出——自由。"自由"肯定是刘老师的关键词，但是不是最关键的关键词，我拿不准，起码还有——品格。还有一些我不知怎么形容，就是刘进安老师的高度（不仅是身高上我对他的仰视），他对艺术超越常人的思考，带来他对艺术超越常人的胆识，由此形成超越常人的审美。我看过刘老师创作大画的过程，在开始阶段能看到很高的形式

八年前与刘进安老师（中）、党震老师在陕北米脂

地儿还是那地儿，人还是那人，甚至个别同志的衣服还是那衣服，只是看不见岁月已经留在脸上

表达，当我们觉得这些具有高技术含量的东西可以保留时，刘老师却反反复复把它"掩埋"了。看不到技术的技术，看不到美的那种美，这就是刘老师的高度，甚至有一点"一览众山小"。所以还要再加两个关键词：超越，胆识，再或者就一言蔽之——高人。

　　有一天我在山坡上写生，沟对面的山村里隐隐传出干笑的声音，我当时看不到他，几乎每分钟笑两三声，是那种没有表情的笑，很瘆人。后来我看到是一个蓬头垢脸的青年。精神上有问题，天天如此，据说成年累月。好像每个村里都有这样的人。可怜（就是画中坐在磨盘上的人）

三晋写生日志（节选）

——山西长治壶关

　　昨天随山东省文化馆组织的美术培训班去山西写生，一行三十余人从济南千佛山下出发，一路奔波在华北平原上，六小时后才看到第一座山，想起我那首打油诗，是写我原来的家到省文化馆那段经十一路的（参见124页《千佛山打油》）。

　　真领教了华北平原，高速上几个小时，别说山，丘陵都没见过。但一到山西长治壶关红豆峡，立刻"绵绵群山如

骤"，悬崖陡峭，壁立千仞，我一边看一边在心中哼唱着
《太行山上》："红日照遍了东方，自由之神在纵情歌唱，
看吧，千山万壑，铁壁铜墙，抗日的烽火燃烧在太行山上，
气焰千万丈……"一种神圣感油然而生。

昨天晚上从手机里翻出几张太行山的照片，试着练
练手，结果一败涂地，再试再败，在郁闷中睡去。今天早
上，先在宾馆的窗户前画外面的太行山，结果还是不顺
手，死皮赖脸地坚持画完，依然一败涂地，抱着屡败屡战
的精神，来到山下再画。心想，画不好，晒晒太阳吸吸新
鲜空气也好，已经两年没画过山水写生，"生"是自然
的。一天下来画了六张，有两张还可以，画画挺怪的。有
一张，第一笔下去，就有感觉了，一气呵成，顺得很。
还有一张用木炭起稿时，我就特别扭，"死马当活马医"
吧，还真"医"过来了。

太行山看着好画，实际不好画，那些古人的皴法、勾
勒之法活生生地"长"在山崖峭壁上，但真按那种方法画下
来，就容易陈陈相因落入俗套。"如何走出套路？"是一直
困扰我的难题。我是想把太行山结构中的抽象元素，比如黑
白灰、点线面、干湿浓淡等等表现形式提炼出来，用"表现
主义"的方式来表现，使笔墨既附着在形体之上，又超越形
体结构，自如地在快感中"表现"。我觉得想法是好的，也
应该是可行的，只是面对真山真水，无从下手。

既要注重感受，又要主观分析，再试试！

2016 - 4 - 9 / 晚

于山西长治壶关

三晋写生日志^{（节选）}

——山西碛口客栈

昨天到了山西碛口李家山，不错，但不如想象的好，据说此地是吴冠中先生三大重要发现之一。这两天跟黄颜色干上了，昨天画黄土高坡，今天坐在黄河边上画黄河。一直按"黄河之水天上来"这个思路画。为了突出黄河的黄，我把所有画

中的物象都画成了冷色调，然后在背景上画上黄河的水，形成黄与冷蓝色的对比，显得比较"纯粹"。我想在这次写生中把自己定位在"风景写生"，而非山水写生。"风景"有一种"现场"感，更适合人与景的交融，也更容易把自己的情感表现出来（尽管我在这方面做得很差），而一说"山水"就容易高山流水，陈陈相因，千人一面，陷入套路。

另外画了一些铅笔的速写，相对来说还是铅笔好掌握一些。哎呀！写生不容易，不随性，受拘束，尤其是画建筑，一随意，画得楼房都要塌了。去年一个山水画展后的研讨会上，一位专家讲，山水画家写生是画家创造力缺乏的无奈之举，不知对不对？细想一下，古人很少有山水写生的作品，古人画人物写生有记载。武烈能现场画人，座上宾客随意点染，即成数人，以问童孺，皆知姓名。能见到最早的写真是明代的曾鲸，画过不少肖像。花鸟画写生要数一千多年前翎毛画家黄荃，画的乌鱼，麻雀，蚂蚱，知了等等，栩栩如生。山水写生没有，全凭目识心证。但我觉得山水写生也有好处，很多东西全凭想象的创造力是不行的，画画写生强化一下"目识心证"不也挺好！

以后的路还长，慢慢地"上下求索"吧。

2016 - 4 - 13

于山西碛口客栈

治印 / 贾长庆

尤　特异的、突出的，引为出类拔萃义

墨　可以之书、以之画，亦谓妙笔著文，落墨成金

出版人 / 崔　刚

总体策划·责任编辑·装帧设计 / 戴梅海

ISBN 978-7-5488-3031-3

9 787548 830313 >

定价：49.00元